博多豚骨拉麵團2

木崎ちあき
插畫/一色 箱

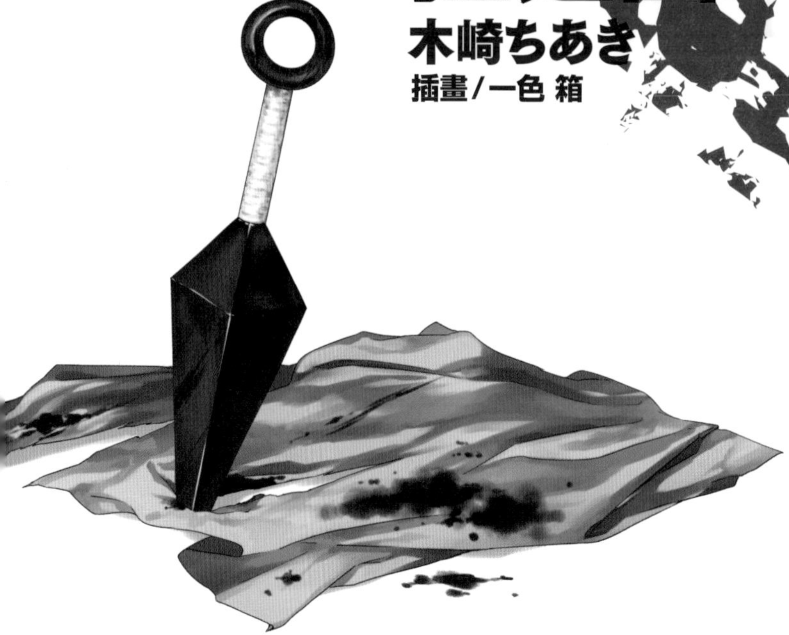

猿渡俊助
Saruwatari Shunsuke
北九州的危險殺手
新田直也
Nitta Naoya
幹勁十足的殺手顧問

博多豚骨拉麵團

HAKATA
TONKOTSU
RAMENS

2

開球儀式

「咱是殺手，今天是來殺你的。」

猿渡俊助簡潔地說明來意，揚了揚手上的刀子。

男人大吃一驚。泡在家中浴缸放鬆身心時，突然有個手持凶器的殺手闖入浴室，也難怪他吃驚。

「喏！」

猿渡遞出刀子，男人更加吃驚了。

「……咦？」

男人目瞪口呆地凝視著猿渡的臉。他原本以為自己會被捅上幾刀，沒想到殺手竟把武器遞給自己。為什麼？他在打什麼算盤？這是陷阱嗎？男人看起來一頭霧水，困惑不已。

「喏！」猿渡捏著刀刃，把刀柄遞給對手。「拿去吧。」

「啊？咦？為、為什麼——」

「快點！」

在猿渡的催促下，男人戰戰兢兢地接過刀子。

「光是殺掉你忒無聊了，所以給你一個機會。」猿渡嘴角上揚地說道。「如果你打贏咱，咱就饒你一命。」

聞言，男人的表情倏然緊繃起來。雖然他赤身裸體，但他手上有刀，而猿渡卻是手無寸鐵，一身連帽上衣加哈倫褲的休閒裝扮。或許是判斷自己會贏，男人猛然從浴缸裡站起來，水沫隨之四濺。

「唔哇哇！」

男人發出慘叫般的嘶吼聲攻擊，挺刀刺向猿渡的心臟。猿渡拍開他的手，閃過刀尖，給了對手的臉孔一擊，又趁著男人搖晃時抓住他的後腦壓進浴缸裡。空氣自男人的嘴巴外洩，水面猶如按摩浴缸一般冒泡。男人痛苦掙扎了片刻後，便不再動彈。這場決鬥是猿渡贏了，贏得易如反掌。

猿渡嘆了口氣。結果依然一樣無趣。

殺人承包公司 Murder Inc. 的員工並沒有一般社會大眾的假日概念，就算是過年期間也得工作。今天是除夕，員工們依然四處奔波，忙於殺人。進公司七年的猿渡也是其中之一，當他完成暗殺，返回公司向上司及客戶報告完畢時，已經過了中午。猿渡肚子餓了，便前往員工餐廳。

正逢午餐時間，又是年底繁忙期，餐廳裡擠滿員工。猿渡點了份烤魚套餐，坐在角落的座位。正當他用筷子夾起魚肉時，看見同事端著放有豬排咖哩飯的餐盤走向他。那是個姓阮的越南人，擁有健康的膚色和深邃的輪廓，即使在人群中，那副與日本人截然不同的容貌也十分顯眼。

「嗨，辛苦啦。」阮在猿渡的對面坐下。他窺探猿渡的臉色，露出苦笑。「你好像很想睡，剛上完夜班啊？」

「是哪。」猿渡把白飯送進口中，點了點頭。「是個肉腳。」

猿渡想起今天早上的工作。聽說目標是殺手，他本來還期待對方有點真本事，但實際上只是個徒有殺手虛名的黑道棄子，真是個簡單又無聊的工作。

不光是今天，每天的工作都是無聊透頂；進公司以來，他從來不曾在工作上獲得任何成就感。足以威脅性命的強敵遲遲不出現，每個人都是毫無抵抗地被殺掉，這點令他十分不滿。

他不想欺負弱小。對手不反擊，一點意思也沒有；對手不夠強，打起來根本不開心。猿渡現在的心境就像是與弱小貧打的球隊比賽，在九局下半領先十分的狀況下登板的終結者。他想在更刺激的狀況下戰鬥。與強隊比賽，僅僅領先一分，無人出局滿壘，面對的是打擊率超過三成、狀況絕佳的中心打者。他渴望在這樣的場面站上投手丘，連續三振三名打者。

「對你來說，大概什麼工作都是易如反掌吧。」阮笑了。他和猿渡同年進公司，比任何人都清楚猿渡的實力。「公司現在忙得不可開交，才會連殺雜碎的工作都分派給你。」

「這幾年好像一年比一年忙。」明明每年都有新人加入。「幹嘛不多僱用一些應屆畢業生哪？」

新進員工適應不良，早早離職，這是每個職場常見的情況；而在這家公司，這種傾向尤其顯著。或許是工作內容所致，離職者、失蹤者和殉職者的人數遠比公司的新進員工人數多。

「說到應屆畢業生……」阮想起一件事。「今年剛進來的新人，是叫齊藤吧？聽說那小子被調去福岡了。」

「齊藤？」

「就是那個一臉懦弱的男人，坐在你旁邊的。」

「……哦。」猿渡想起來了。「這麼一提，是有這個人。」

坐在猿渡鄰座的後輩確實是叫齊藤。不知幾時間，他的桌子被清空了，人也不再來公司。

「他為什麼被調職？」

「暗殺議員失敗。是我替他擦屁股的。」

「哦。」

基本上，猿渡是個不與別人深交的人，所以對於齊藤這個人的印象不深，但他還記得齊藤哭著寫悔過書的模樣。

「話說回來，真是災難啊，居然被調到福岡去。」阮將滿口咖哩配著開水吞進肚子裡說道：「說到福岡，那可是殺手業界的激戰區，新人去了那裡，鐵定很難熬吧。而且，聽說那裡有很多『殺手殺手』。」

「……殺手殺手？」這是個陌生的字眼。猿渡停下筷子，抬起視線問道：「那是什麼？」

「你不知道嗎？專殺殺手的殺手。」阮用湯匙前端指著猿渡，繼續說道：「聽說其中有個特別厲害的，我們公司也有好幾個員工被他做掉了。」

「……殺手殺手？」猿渡的背上冒起雞皮疙瘩，難以言喻的情感爬過全身，心跳逐漸加速。

「激戰區就是不一樣。」阮喃喃說道。

特別厲害的殺手殺手，激戰區——猿渡在腦中反芻阮的話，並開始想像。和那個「殺手殺手」對峙的自己、一決生死的殺手之戰，這不正是自己追求的事物嗎？和「殺手殺手」對決，或許能夠滿足咱——猿渡如此暗想。

「……欸，阮。」

「怎麼？」

猿渡突然宣告：「咱要辭職。」

一局上

九局上半，比數是三比三，齊藤在同分的狀態下面臨最後一局、一出局滿壘的危機。打者將齊藤的球打出去，球滾向游擊區。那是個平凡的滾地球，雙殺——齊藤如此暗想。

守備游擊區的是林憲明，幾乎是站在原地等著球滾來。他垂下手套準備接球，綁成一束的長髮隨風搖曳。

然而，球並未滾進林的手套裡，而是穿越他細長結實的雙腿中間，一路滾向外野，完美的火車過山洞。跑者紛紛奔向本壘，在左外野手回傳期間，兩名跑者輕而易舉地踩壘得分。這下子比數形成五比三，被超前了。

非但如此，一、三壘上仍有跑者，危機並未解除，齊藤只能收拾心緒，專注地面對眼前的打者。重松要求的是外角偏低滑球，齊藤點頭回應。他高舉手臂投了出去，打者揮棒。

說來倒楣，這次球又飛向游擊區。是雙殺路線。雖然有點驚險，但林這回慎重地接住球。

「嘿！」

二壘手馬場喊叫著奔向二壘壘包，林迅速將球換到右手，擲向馬場。

「啊！」

然而，林的球傳歪了。馬場慌忙伸長了手，可是沒接到球。球滾向外野，三壘跑者趁機跑回本壘，一壘跑者也跑上三壘。

「扔準一點唄！」馬場對林說道，似乎有點焦躁。

由於游擊手傳歪，對手再次得分，比數形成六比三。一出局，一、三壘有人，下一名打者同樣把球打到游擊區。那是一記強而有力的滾地球，林用身體擋住了。他趕著把球傳往二壘，但一時沒抓穩掉了球，一個焦急球又傳歪了。二壘上的馬場以不安穩的姿勢勉強接住球，踩壘封殺跑者。他原本打算把球傳往一壘，不過最後作罷。來不及了。最終只封殺了奔向二壘的跑者，未能形成雙殺。

「你在幹啥呀！」

面對林一而再、再而三的失誤，馬場終於發怒了。他聳起肩膀，氣呼呼地大步走向游擊區，伸手抓住林的胸口。

「老是犯這種基本錯誤！真不像話！」

馬場平時是個溫厚又體貼的男人，但是一牽扯到棒球就性格大變。

「幹嘛啦！」林拍掉馬場的手，齜牙咧嘴地說道。他的球衣被馬場這麼一抓，「TONKOTSU」字樣變得皺巴巴的。「吵死了，馬蠢！」

「你才蠢！」

二游是需要合作默契的守備位置，但這對搭檔竟然在二壘壘包上吵起來。

「喂喂喂，你們兩個！」一壘手馬丁內斯硬生生地將互相揪住對方的馬場和林分開。「快住手，還在比賽耶！」

林背向馬場，用腳抹勻地面，接著將視線移向投手丘上的齊藤。

「……抱歉。」

林把手放在帽簷上，喃喃說道。林居然乖乖道歉，真是難得，看來他心裡也多少有些反省之意。

林直到最近才開始與人交流，由於過去向來是獨來獨往，一直不擅長必須配合他人的團隊合作。第一次比賽中，他收到犧牲短打的暗號時，甚至憤慨地表示：「憑什麼要我為了別人犧牲？」這樣的他居然如此認真地參加棒球比賽，說來已成長不少，因此齊藤實在不忍心責備他的失誤。

六月的悶熱逐漸奪去體力，齊藤重新打起精神，脫下帽子擦拭臉上的汗水，咬緊牙關投出下一球。必須設法結束這一局，快點讓打者出局，不能讓打者把球打向游擊區——雜念支配了齊藤的腦袋，由於心急之故，齊藤用力過度，球高高往上飄，在控球不穩的情況下，最後竟然四壞球保送了對手。

面對下一棒打者，不敢施展全力的齊藤投出一顆好打的直球，被對方逮個正著。這是一記重砲，在擊中球的瞬間，齊藤就知道分數丟定了。只見球高高飛向右外野，跨過了護欄。是一記錦上添花的三分打點全壘打。

幾乎快放棄的齊藤強自振作，與下一名打者對峙。他使盡渾身之力投出的直球被打出界外，在一壘界外接殺出局。豚骨拉麵團的漫長防守局終於結束了。

雖然只是業餘棒球的練習比賽，又和隊友的失誤有關，但一局便狂丟七分，仍然令齊藤感到過意不去，垂頭喪氣地坐在休息區裡。

「喂，林！」一道不悅的聲音傳來。是馬場。

坐在休息區裡喝運動飲料的林聽見馬場呼喚他的名字，露出明顯的厭惡之色。

「……幹嘛？」

「剛才是怎麼回事？要我說幾次你才懂？傳球的時候要對準二壘手的胸口。」馬場譴責林的失誤。「都是因為你精神散漫，居然讓球過山洞，太不像話了。」

「我有什麼辦法？那是不規則彈跳球啊。」

「別找藉口了，我不是一再跟你說，眼睛不能離開球麼？」

林還是初學者，再說這只是場練習比賽，齊藤覺得不必過於苛責。然而，馬場的言詞相當尖銳。

林垂下頭，喃喃說道：「……囉哩囉唆的，煩死了。」

「地面凹凸不平，當然會有不規則彈跳球，難道你連這點都無法預測麼？你該好好掌握場地的狀態——」

「哎呀，夠了沒！」林似乎也到達忍耐的極限，打斷馬場的話語大叫：「你很囉唆耶！」

「你那是啥態度！虧我好心給你建議！」

「誰要你雞婆！」

兩人又揪住對方，其他豚骨拉麵團的隊員連忙奔上前來。重松和次郎插入馬場和林之間，將他們分開。

「喂喂喂，別吵架！」

「真是的，好好相處嘛，你們是二游搭檔耶！」

再怎麼爭吵也無法挽回失分。追根究柢，都是因為自己招來滿壘危機，才會破壞球隊（或該說二游搭檔）的氣氛。齊藤變得更加消沉，垂下了腦袋。

「七分差距呀？」比數是十比三。雖然大幅落後，但教練源造依然笑得很開心。

「哎，總有辦法追回來的。」

這明明不是追得回來的差距，他的自信究竟是打哪來的？齊藤不明白。

只見源造敲了下手心，提議：「好，這局表現不佳的人要接受懲罰。」

對象是投手齊藤老弟以外的八名野手——他又補充說道。

「好主意。」首先贊同源造的是主砲馬丁內斯。「壘打數最少的人要請所有人吃飯，如何？」

「行！」

「挺有意思的嘛，我贊成。」

對於源造和馬丁內斯的提議，擁有長打能力的中心打者一口贊成，而大和則是皺起眉頭：「咦？真的假的？」

「偶爾玩玩懲罰遊戲也不錯。」說來意外，榎田竟然躍躍欲試。

「林失誤三次，要從負三壘打起算。」

「啊？為什麼？」

「當然啊，你給球隊添了麻煩。」次郎笑道：「有什麼關係？你是這局第一個上場的打者，輪到的打席最多耶。」

或許林也對自己的失誤多少感到自責，並未繼續爭論。「混蛋。」他小聲嘀咕，從板凳上起身，戴上頭盔準備上場。

攻守交換。九局下，豚骨拉麵團進攻。第一個上場打擊的林站上打擊區，舉起球棒。

投手投出了球。第一球是好打的正中直球，但林不知是反應不及還是本來就無意揮棒，竟然悠然目送球進手套。第二球是下墜球，球在捕手面前落地彈跳，顯然是壞球，可是林的身體卻做出反應。他抓準球觸地彈起的那一瞬間，巧妙地打了回去。球掠過投手的手套，滾向中外野。

見到林露了這一手絕技，休息區一陣騷動。

「看到了嗎？他居然打中彈跳球耶！」

「喂喂喂，他是一朗嗎？」

「正中直球不打，偏偏去打那種壞球？」

「小林，打得好！」

馬場興奮地叫道。剛才明明氣成那副德行，真是個說變就變的傢伙。

球賽進行到第九局，敵隊投手也面露疲色，球威顯著下降，疲軟無力的直球被第八棒打者重松打個正著。球飛得又高又遠，是記左外野方向的兩分全壘打。

「我是不是該來想想要吃什麼？」回到休息區的重松笑道。身為投手的齊藤不必受罰，然而，畢竟是因為自己表現不佳才讓對手大幅領先，他不能毫無建樹。在打擊方面，他也得多少出點力，至少得打支安打，或是靠四壞球保送上壘。

齊藤站上打擊區，舉起球棒。投手揮動手臂投出了球，白球飛過來，變得越來越大。齊藤產生球是朝著自己頭部飛來的錯覺，忍不住發出尖叫聲。

「噫！」

他大大地往後仰，避開了球，球穩穩地飛進捕手預先擺放手套的位置。內角偏高直球，勉強削進好球帶，裁判舉起手來。

這就是齊藤的弱點。自從在去年的練習比賽中挨了顆頭部觸身球以來，他便留下心理創傷，無法打內角球。他不敢積極出棒，身體總是不由自主地閃躲。

後來，敵隊投手又朝著內角的同樣位置投了兩球，齊藤的打席便以站著不動被三振的結果收場。

「對方還真是徹底進攻內角。」齊藤走向休息區時，榎田一面在打擊準備區練習揮棒，一面對他說道。「哎，你後仰得那麼誇張，弱點當然全曝光了。」

「對不起，幫不上忙……」

「別在意、別在意。」

榎田走向打擊區。錯身而過之際，他拍了拍齊藤的肩膀。

「哇，外野手全都往前移動了。」見到對手的守備陣型，榎田揚起嘴角。「瞧不起我是吧？」

輪到榎田打擊。第一球是好球帶外的滑球，榎田揮棒落空，從休息區也看得出揮棒的時機完全不對。第二球和第一球一樣是滑球，但是削進了好球帶。榎田露出潔白的牙齒，表情宛若在說：「來了！」他扭轉瘦小的身軀，大棒一揮。快腿巧打型的榎田鮮少這樣全力揮棒。他扔下球棒，飛也似地奔向一壘。球往右外野方向高高飛去，描繪出一個大大的弧形，遲遲未落地。在風勢的助陣下，球就這麼消失於護欄之外。是全壘打。

「哇，轟出去了。」繞了壘包一圈的榎田笑咪咪地返回本壘。他走回休息區，和隊友擊掌。

「喂喂，居然連榎田都擊出全壘打？」

「第一球還故意揮棒落空，你原本就是想打滑球吧？」

「你們這麼討厭懲罰呀？」源造聳了聳肩。

「這些男人啊，個個好勝心都很強嘛。」

靠榎田的陽春全壘打又追回一分，現在的比數是十比六，落後四分。

接著上場的第二棒大和，也打出中間方向的內野安打，順利上壘。豚骨拉麵團繼續猛攻。

第三棒馬場打出一壘方向的內野安打。

第四棒馬丁內斯是游擊方向的強力安打，而游擊手在將球傳往二壘時發生失誤，豚骨拉麵團趁機再下一城，跑者挺進下一壘。一出局，一、二、三壘有人，比數是十比七。

接下來是第五棒打者次郎。

「次郎，加油！」坐在休息區角落的小學生美紗紀探出身子加油。

「呵呵，包在我身上，我會加油的～」次郎回以笑容，進入打擊區。隨即，他發出低沉渾厚的叫聲：「喝啊！」大棒一揮，打中了球心，只見球飛越左外野手的頭頂，形成一記兩分打點的適時安打。次郎跑上二壘，做出豪邁的勝利姿勢。

下一個打者是第六棒佐伯，在打了五顆界外球以後，第六球在一壘線上滾動，大家都以為又是界外球，一壘審卻判定是界內球，一壘手接住球踩壘，佐伯出局。

馬場無法接受這個判定，大聲怒吼：「剛才的根本是界外球！」

「沒辦法，裁判是對手僱來的嘛。」

「我看他是想早點結束比賽回家吧？」

這下子成了兩出局，打序又輪回林身上。

「林，交給你了！撐下去！」休息區傳來加油聲。

「不然被懲罰的可是你喔！」同時也傳來調侃聲。

投手投出的是失準的變化球，高度直達林的頭部，捕手伸長了手臂接球。任誰看了都知道那是壞球，林卻出棒，而且打中了。雖然打出去的球疲軟無力，但是林的腳程勝過對方的守備速度。

「他還是一樣專打壞球。」休息區傳來感嘆聲。「真虧他打得到那種爛球。」

馬場開心地拍手。「很好，小林！跑得好！」

靠著林的內野安打，豚骨拉麵團保住一線生機。

下一棒重松被觸身球保送，這下子就是滿壘。對手的內野陣容全都往投手丘靠攏。

「好，下一棒是——」

隊友的視線全都集中到自己身上，緊張感倏然高漲。下一棒輪到第九棒，齊藤打擊。

一直在休息區拚命替隊友加油的齊藤，完全沒想到打序會再次輪回自己，而且還是落後一分、兩出局滿壘，一舉逆轉的好機會。

然而敵隊的投捕搭檔已經察覺到齊藤的弱點。由於頭部觸身球帶來的心理創傷，齊藤變得不敢打內角球，這是他最大的弱點。倘若齊藤就這樣站上打擊區，想必對手會接連用內角球進攻，比賽將以齊藤呆立不動的三振收場。這是任何人都預料得到的發展。

比賽繼續，齊藤站上打擊區舉起球棒。不出所料，敵隊捕手要求的是內角直球。球越來越接近，朝著自己的身體飛來——這樣的感覺閃過齊藤腦海。面對這顆角度刁鑽的內角球，齊藤的身體做出反應，誇張地往後仰。裁判做出好球手勢。

「暫停！」

突然，坐在休息區裡的源造站起來，招手呼喚齊藤。

到底有什麼事？齊藤跑回休息區。

「齊藤老弟，辛苦啦。」源造把手放在齊藤的肩膀上。「接下來交給我唄。」

「咦？」交給他？什麼意思？

齊藤一臉茫然，只見源造高聲宣告：

「我來代打。」

無論是壘上或休息區裡的豚骨拉麵團隊員，聽了教練的話都一陣錯愕。

「咦？」

「喂喂，真的假的？」

「不會吧？」

源造無視慌張失措的隊員，戴上頭盔練習揮棒。他似乎真的打算站上打擊區。

休息區傳來了制止聲。

「這可不是長青聯盟啊！別逞強！」

「就是說啊，你已經不年輕了！」

「別說傻話。」源造張大鼻孔說道：「我還很年輕。」

「老人都愛這樣講！」

「左看右看上看下看，你都是個老頭啊！」

「我只是天生長得比較老成而已。」

無論旁人如何阻止，源造依舊堅持己見。

在豚骨拉麵團隊員的注視下，源造昂首闊步地走進打擊區，舉起球棒。球數一好零壞，代打上陣。投手投出第二球，源造用力揮棒。雖然這一棒帶有老當益壯的威力，但是壓根兒沒碰著，球穩穩地進入捕手手套裡。揮棒落空，這下子沒有退路了。

「出棒根本慢了一拍啊！」

「看來是沒救了。」

「三振啦，三振！」

就在休息區裡所有人都萬念俱灰之際——

第三球投出，和剛才一樣是直球，球路也相同。源造再度用力揮棒。眾人都以為他又會揮棒落空，誰知道這次卻打個正著。

鏗！令人精神一振的金屬聲響徹四周。

「……真的假的？」

有人喃喃說道。

豚骨拉麵團的隊員衝出休息區，啞然無語地目送球的去向。只見白球高高地越過右邊的護欄，飛向停車場。那是一打出去便知是全壘打的重砲。敵隊投手垂頭喪氣地佇立於投手丘上。

「居然打到反方向……那個老頭的力氣到底有多大？」

就連第四棒也不禁為飛行距離之遠感到驚訝。

出乎意料的代打再見滿貫全壘打。在打者的一輪猛攻之後，教練的一棒決定了比賽勝負。

一局下

『球飛向了右外野！好高好遠！出去了嗎？出去了嗎？出去了～～～～！再見全壘打～～～～～！』

「……啊？不會吧！」

聽見收音機傳來的實況主播尖叫聲，猿渡啞然無語。焦躁感逐漸上湧，他連踹了前面的座椅數腳。

「別開玩笑！」

後照鏡映出計程車司機困擾的表情。猿渡大模大樣地坐在後座，大大啐了一聲。混蛋，明明只要再一人出局，比賽就結束了。

他改用含蓄一點的方式埋怨：「……投手在搞什麼鬼哪！」

『巨人隊靠著代打攻勢贏得再見勝利！灣星隊沒能達成九連勝！』

時值職棒的交流戰結束、例行賽重新開打的六月下旬，灣星對巨人的首位攻防戰於東京巨蛋展開。起先灣星隊領先五分，卻因為鐵壁中繼投手群表現失常而丟了四分，就這麼進入終盤。最後，連日登板的救援投手未能守住這一分差距。

在狹窄的東京巨蛋，比賽被一棒逆轉的情況並不罕見。明明已經取得兩好球的優勢，最後一顆好球帶內的直球卻被打出去，真是糟透了。

支持的球隊輸球，原本就是件令人厭惡的事；非但如此，還不是普通的輸法。在這個世界上，猿渡最討厭的字眼就是「再見敗戰」，而他更討厭「再見全壘打」。他的焦躁感一直無法平息，宛若心頭籠罩了一層霧，鬱悶不已。

平時遇到這種狀況，他會去殺幾個人發洩壓力，但他才剛下定決心，在東京不再殺人了。

『主播台、主播台，現在進行賽後訪談。』播報員的聲音傳來。『今天要採訪的當然是這一位！代打擊出再見全壘打的——』

「喂！」猿渡對著駕駛座說道：「把收音機關掉。」

「是、是。」司機用畏怯的聲音回答，立刻關掉收音機。

猿渡把視線轉向窗外，凝視著新宿的街道。他在北九州出生長大，又在橫濱生活了三年，之後便一直住在東京，但他馬上就要和這座城市道別。

猿渡突然想起祖父。祖父是下關人，是個狂熱的大洋鯨隊球迷，自己也打過棒球，還當過高中棒球隊的教練，在猿渡小學時教他打棒球的便是祖父。猿渡之所以支持灣星隊，即是受到祖父的影響（註1）。

祖父年輕時也曾以進軍職棒為目標，卻因為受傷而放棄，將夢想託付給孫子猿渡。在祖父的強力遊說下，猿渡沒有上家鄉的高中，而是前往橫濱的棒球強校就讀，即是所謂的棒球留學。青春時代盡在棒球中度過的猿渡，終究未能實現進軍職棒的夢想，也不知道是哪個環節出了錯，現在竟是靠著殺人領薪水過活。

片刻後，目的地到了。「甭找了。」猿渡遞一張萬圓大鈔給司機，下了計程車。他仰望著矗立於商業大樓街上的漆黑大廈。這是猿渡任職的 Murder Inc. 公司大樓，入口緊閉，猿渡揚了揚員工證，解除保全系統後踏入大樓。

本季的第三次會談是在狹窄的會議室中舉行。坐在猿渡正面的是上司，年約三十五、六歲，瀏海一絲不苟地旁分，看起來相當神經質。由於髮膠用得太多，他的頭髮散發著黑色光澤。

「我已經說過很多次。」上司用中指將眼鏡往上推。「要是你辭職，公司會很為難的。」

猿渡是在去年除夕決定辭職，但是自從他提出辭呈以來就一再被公司慰留，一拖就拖過了半年。

「對殺手戰績二十四戰二十四勝，從未嘗過敗績，Murder Inc. 東京總部的王牌。你是總部最賺錢的殺手，不能輕易讓你離職。再說，我們部門現在人手不足。」

聽了上司一番話，猿渡忍不住咋舌。人手不足完全是你造成的吧！不願意承擔責任，動不動就把表現不好的員工調去分部，害咱累得半死——平日的不滿在胸中沸騰，猿渡忍不住對上司怒目相視。

「誰叫你事事都靠咱？」反正都要辭職了，猿渡不在乎上司對他的觀感，肆無忌憚地反駁：「也不好好培育新人。」

「……總之……」上司靜靜地吐了口氣。他看起來一派從容，其實正壓抑著焦躁感。「老闆也很肯定你的工作表現，只要能夠慰留你，多少錢都願意出。你可以重新考慮一下嗎？」

「不要。」

「薪水翻倍應該不成問題。」

「三年十五億，加上按件抽成。」猿渡露出挑釁的笑容說道：「肯付的話，咱可以

◉註1：大洋鯨隊為橫濱DeNA灣星隊的前身。

考慮。」

上司回瞪著他，恨得牙癢癢的，表情像是在說他獅子大開口。

「開玩笑的。」猿渡並不是想加薪，這不是錢的問題。「給咱再多錢也沒用，咱還是會辭職。」

東京已經沒有他的對手，繼續待在這家公司工作，永遠得不到成就感。他不能埋沒在這種地方。既然要當殺手，就該去激戰區。猿渡的決心已然無可動搖。

「辭職以後，你打算怎麼辦？」

「當自由殺手。」當上班族原本就不合猿渡的性子。「回咱的故鄉。」

以他的實力，到哪裡都有人延攬，將來必定會有許多組織爭相禮聘，委託接連上門，比待在公司時更加忙碌——猿渡是這麼想的。

「像你這種沒沒無聞的殺手，要靠自由接案維生，是不可能的。」

因此，上司這句話他可不能聽過就算了。

「……這是什麼意思？」

「我有說錯嗎？你現在有工作可做，是仗著公司的名聲，並不是靠你的實力。一離開公司，你只是個沒沒無聞的殺手。」

「就算沒沒無聞，但咱有實績。」一定馬上就能獲得肯定。

「你太天真了。在這個世界，實績完全派不上用場，頂多只能增加自信。光靠這樣是混不下去的。」

「別因為不甘心咱離職，就說這種輸不起的話。」

「這不是輸不起，而是忠告。在這個業界，最重要的是名聲和人脈。可惜的是，兩者你都沒有。」

猿渡皺起眉頭。什麼忠告？一副高高在上的樣子。一股火冒了上來。

「以後就算你後悔也來不及。」上司用鼻子哼了一聲。「因為我們公司沒有回聘制度。」

猿渡猛然起身，一腳踹倒附近的椅子。喀噹！偌大的聲音響徹鴉雀無聲的會議室。一發火就拿東西出氣的毛病從高中以來一直改不掉。

「別囉哩囉唆的，快付離職金！」

✦

「工作前別嗑藥。」

這句話安倍已經說了三次，但山本依然堅稱：「這是普通藥草，不要緊。」完全不聽勸告。

什麼普通藥草？安倍啼笑皆非。一般人才不會把加了作用近似大麻的合成大麻素的乾燥植物片稱為普通藥草。

山本嘴上叼的是把菸葉全數挖出之後再塞入違法藥草的香菸。安倍一再勸山本戒毒，山本卻只是嘻皮笑臉地表示：「沒吸這個手會抖，反而會妨礙工作。」

他們將白色旅行車停在中央區平尾的單線道旁。目標位於道路對側五層樓房的三樓。仰望焦褐色的紅磚樓房，三樓的窗戶並沒有燈光，屋裡似乎沒有人。其他樓層的窗戶上都貼著「辦公室出租」的廣告。黑道事務所在同一棟樓裡，當然沒人想租——安倍如此暗想。

「那些黑道兄弟好像還沒回來耶。」坐在副駕駛座上的搭檔山本說道：「該怎麼辦？」

安倍和山本穿著同樣款式的連身工作服，安倍戴著帽子，山本的頭上纏著白毛巾，乍看活像工人，但他們是以殺手自居、兩人一組的殺手搭檔。

「我去買咖啡。」安倍打開車門說道：「你好好盯著那棟樓，記得數清楚有幾個人回來。」

聽了安倍的指示，山本用拖泥帶水的語調回答：「了解～」交給這個男人監視真的沒問題嗎？該不會自己一離開，他就捅出什麼婁子來吧？安倍滿懷不安。

安倍在附近的超商買了提神用的罐裝咖啡後，便快步回到車上。他一面打開駕駛座車門，一面詢問：「如何？有什麼動靜嗎？」

山本點了點頭。「他們回來了。」

「真的？」

「剛剛才走進樓房。」

安倍仰望紅磚樓房，只見剛才一片漆黑的三樓亮起燈。看來真如山本所言，目標終於現身了。

「人數呢？」

「五個人。」

「是嗎？」

安倍繞到車子後方，打開後車廂，拿出裝有滅音器的手槍。這是他長年愛用的德國自動手槍，是用強化塑膠製造的，和沉甸甸的外觀正好相反，輕巧又好拿。安倍裝上彈匣，拉動滑套。裝填的子彈共計十四發，目標有五人，每人兩發還綽綽有餘，但為了慎重起見，他又帶了兩個備用彈匣。

山本也下了車。不知是不是受到藥物影響，他走路有點踉蹌，讓安倍又湧現不知第幾次的不安。安倍戴上頭套，並丟了另一個頭套給山本。

「你知道委託內容吧？」

安倍詢問，山本仰望樓房，神情恍惚地指著三樓。「把屋裡的所有人都殺光——就行了吧？」

「不行。」

明明說明過那麼多次，這個男人的記性怎麼這麼差？安倍已經連傻眼的力氣都沒了。「雖然委託人說殺了他們也不要緊，但不能全部殺掉。」

委託內容如下：今天深夜將有黑道分子在這棟樓房三樓的小事務所開會，是個只有自己人參加的小型聚會。他們要做的就是趁這個時候攻擊事務所，開槍射擊屋裡的黑道分子。用不著殺人，但若是有人抵抗，殺了也無妨。這份工作並不難，只不過特地僱用殺手做這種事似乎有些詭異。

這份工作還附帶兩個詭異的條件，一個是至少得留一名活口，製造目擊者；另一個是詢問那名目擊者「北口在哪裡」。順道一提，這個「北口」是人名，並非北側出口。

「開玩笑的啦，我知道。」

戴上頭套的山本說道。他鐵定又是一副嘻皮笑臉的蠢樣，就算遮住臉安倍也知道。

「留一個活口問問題，對吧？要問什麼？『西口在哪裡』嗎？」

「北口。」

這小子真的沒問題嗎？安倍不禁嘆氣。山本腦袋不靈光，記性又差，而且還有毒癮，是個無藥可救的蠢蛋。不知道是因為他蠢所以才嗑藥，還是嗑了藥以後才變蠢。

「你可別搞砸啊。」

「是～」

兩人拿著槍走上樓，躡手躡腳地來到事務所門前。安倍做了幾次深呼吸，緩和心跳之後才敲門。

『是誰？』

一道男聲傳來。

「宅配包裹，請簽收。」安倍回答，打開門鎖的聲音隨即響起。居然上這麼老套的當，未免太大意了吧。

安倍舉起手槍，扣下扳機，對著開門的黑西裝男子胸口開了一槍，並以他的身體為盾牌踏入事務所裡。

「你、你們是誰！」

幾個面貌凶惡、做同樣打扮的男人大聲叫道。安倍抓住這一瞬間的機會，在他們從沙發上站起來之前開了槍，每人兩發子彈。慘叫聲此起彼落，轉眼間所有人都倒地。

五個男人趴在地上，痛苦不堪。安倍選了個傷勢最輕、意識仍然清楚的年輕男人詢問那個問題。

「噫！」安倍抓住男人的腦袋，男人發出了慘叫聲。「別、別殺我！」

「喂！」山本問道：「西口在哪裡？」

「……是北口。」

安倍附耳訂正，山本重說一次：「北口在哪裡？」

「北、北口大哥……」男人回答，下巴因為恐懼而微微顫抖，牙齒互相撞擊，喀喀作響。「他有別的工作，晚點才會來。」

為了防止青年追趕，安倍開槍打傷他的腳，他又慘叫一聲。成功突襲事務所，問題也問完了，任務順利完成。

「回去吧。」

安倍轉過身。就在此時——

背後傳來微小的喀噹聲。安倍回過頭，見到另一個男組員從廁所現身。

面對意料之外的事態，安倍一時反應不及，對手舉槍開火。雖然安倍及時避開，子彈卻削過右手。安倍皺起眉頭，進行反擊，朝著對手的眉心扣下扳機。子彈正中目標，打爆男人的頭，鮮血與肉屑飛濺到背後的白色牆壁上。

「安倍大哥，你沒事吧？」山本跑上前來。「你流血了。」

雖說是假名，但安倍明明一再叮嚀他工作中不可呼喚名字，聞言不禁咋舌。

安倍迅速離開事務所下樓，脫下頭套，牢牢壓住傷口以免鮮血滴落。接著，他瞪了山本一眼。「有六個人。」

「咦？」

「你剛才是說五個人吧？」

但事務所裡有六個人。

「哦～」山本一如平時，嘻皮笑臉地說道：「對不起，我好像算錯了。」

「這是說句對不起就能一筆勾銷的問題嗎！」到底有完沒完啊！他恨不得給那張嘿嘿傻笑的蠢臉一拳，不，三拳。「就是因為你愛嗑藥，才會出這種紕漏。」

「對不起。」

安倍坐進車裡，握住方向盤。傷口倏然抽痛，安倍忍不住皺起眉頭。副駕駛座上的山本望著他的臉說：「傷口很痛嗎？我來開車吧。」

「毒蟲開的車誰敢坐啊？」

安倍雖然嘴硬，可是右手根本使不上力。子彈只是削過右手而已，幾天後應該就能痊癒，但現在要開車有點困難。安倍不情不願地和山本換手。

接著只要報告工作成果、領取酬勞即可。車子駛向仲介所在的中洲，行駛期間，山本異常亢奮，話說個不停，不知是因為工作剛結束，還是藥物引發的興奮感？簡直煩死人了。安倍焦躁不已，他睡眠不足，手又疼得厲害，還被這個無能的搭檔害得險些沒命。「我要小睡一下，你安靜點。」安倍冷冷地說道，開始裝睡，山本只好乖乖閉上嘴巴。

自己怎麼會挑這種蠢蛋當搭檔？回想起半年前的愚昧行徑，安倍微微地嘆一口氣。事情的開端是始於福岡殺手業的變遷。這幾年來，搭檔或組隊工作的殺手逐漸增加，冷硬派電影裡常見的那種孤傲獨行俠型的殺手早已落伍了。戰友確實是越多越好。

為免被時代的潮流淘汰，安倍也開始尋找搭檔，在這時候，他發現一個名叫「地下求職網　福岡版」的地下網站。那是這幾年間壯大的網站，站上有各種地下社會的資訊與各式各樣的委託，安倍在這個網站上徵求搭檔，而當時最先應徵的就是這個名叫山本的男人。

山本本來並不是殺手，而是靠搶劫超商或飛車搶包維生，年齡二十三歲，比安倍年輕五歲，但氣色很差，感覺不到半點青春活力，臉上有著濃濃的黑眼圈，說話也有些大舌頭。一見到山本，安倍就知道他是隻毒蟲，並為此感到不安。這個男人沒問題吧？可以和這種嗑藥男搭檔，把性命交給他嗎？然而，安倍那時接下的工作期限將至，如果換掉山本另找新搭檔，時間將會變得非常緊迫，同樣是個麻煩。無可奈何之下，安倍只好和山本搭檔。

如此這般，在兩人初次搭檔的工作中，山本用槍指著目標，手卻因為藥物的影響而顫抖打歪，險些射死安倍；第二次搭檔時，山本為了耍帥而挑戰雙槍，但由於他將兩把手槍舉得齊高，從槍中飛出的彈殼打中另一隻手，彈到自己臉上，於是他又打歪了，險些射死安倍。每次工作都被這個男人扯後腿，與他搭檔可說是安倍人生中最大的錯誤。雖然安倍心裡這麼想，但兩人的關係仍然藕斷絲連地持續下去。今天是第三次搭檔工作，同樣是這副慘狀。

在安倍尋思期間，山本駕駛的車子一路蛇行，來到天神的渡邊路，並在路口被紅燈攔下來。再過幾分鐘就能抵達目的地，工作終於要結束了——正當安倍如此暗想時……

「——啊！」

山本開口說道：

「有條子！」

「……啊？」條子？是指警察嗎？「你說什麼？」

山本突然嚷嚷起來：「後面！黑色的迷你廂型車！那是便衣警車！」

見到山本不尋常的慌亂神態，安倍也連忙轉過頭，定睛凝視停在兩輛車之後的迷你廂型車駕駛。然而，橫看豎看那都是一般民眾，附近也不見疑似警察的人物。

「從剛才就在跟蹤我們了！」山本堅持己見。他的樣子不太對勁，八成是藥物造成的。又來了？山本常常出現幻覺。

安倍抓住山本的肩膀安撫他：「喂，冷靜點，是你多心了。」

「——快、快逃！」

山本轉動方向盤。等紅燈的車排成三列，四方都被堵住了，明知前後左右都被其他車子包圍，山本依然魯莽地踩下油門撞開其他車子，硬生生在車輛間前進。

「喔，哇！」

每衝撞一次，車身便大幅搖晃。咚！腦袋往前晃動，安倍的後腦杓因為反作用力而撞上座椅。

「好痛……」安倍撫摸著腦袋怒吼。「你在搞什麼鬼啊！」

「怎麼辦？怎麼辦？」山本完全沒聽見安倍的聲音。他已經陷入錯亂狀態，不斷喃喃自語：「糟了，糟了，糟了。」

真是糟糕透頂。

工作結束，接著只要前去報告即可回家，為什麼偏偏在這個關頭遇上這種事？和這個男人搭檔後，一直是災難連連。

被撞上的車子駕駛破口大罵，下車朝他們走來。不妙。

「別碎念了，快逃！」

安倍大叫，山本用力踩下油門。車子加速，甩開了駕駛，沿著渡邊路飛馳而去。

✦

睽違十年的故鄉改變許多。猿渡在小倉站下了新幹線，見到一片從未見過的光景。從前坐擁眾多潮牌服飾店的後站時尚大樓，如今成了以御宅族為客層的次文化商業設施。JR小倉站北口的天橋上，並排著與九州有淵源的知名漫畫銅像。聽說北九州市和福岡市一樣地下行業盛行，殺手人數也很多，但表面上看來，只是個娛樂元素豐富的和平城市。

向上司撂下狠話辭職後已經過了好幾天，猿渡總算收拾完畢，回到故鄉。在找到新的住處前，他打算暫時住在飯店裡。他選擇了距離新幹線出口步行約兩分鐘路程的便宜商務飯店，房間雖然狹窄侷促，但已經很夠用。

好，接下來該怎麼辦？猿渡拉開窗簾，一面眺望窗外一面思索。要自由接案，也得先有客戶才行。雖然這裡是他的故鄉，但他已經離鄉十年，根本沒有人脈。說來不甘心，這一點上司說得沒錯。

事到如今，剩下的方法只有一個，就是找殺手仲介媒合工作。雖然會被抽成，但也無可奈何。問題是，要和哪個仲介合作？

猿渡突然發現桌上的手機在震動，似乎有人來電。畫面上顯示的是「阮」。他按下通話鍵，把手機放到耳邊，老同事的快活聲音隨即傳來。

『好久不見啦，猿。』

今年春天，阮被調到另一個部門，因此他們見面的機會比以前少了許多，一起吃飯的次數也跟著減少，已經很久沒像這樣互相聯絡。

『我聽說了，你總算辭職啦？你的部門現在變得兵荒馬亂。』

「忒好了。」

『你現在在幹嘛？』

猿渡發出乾笑聲。一想起可恨前上司的困擾臉孔，他的心情就暢快無比。

「回到小倉了。」

『哦？』阮開心地說道：『老實說，我現在也在福岡。』

「為什麼？」身為總部員工的阮怎麼會跑到福岡？莫非……『你被降職了？』

『不是，我來出差的，出差。』阮笑著說明。『公司派我來發掘殺手，還順便塞了一件有點麻煩的工作給我……你還記得去年有個新人叫齊藤嗎？』
「啊。」猿渡馬上就想起來了。「被調去福岡的那一個？」
『對對～』阮點了點頭。『聽說他好像叛逃了，從去年冬天就失去聯絡，可能是洗手不幹了。要是讓他跑去報警可就麻煩，照理說應該立刻收拾他……可是福岡分部也人手不足，所以一直擱置到現在。』
現在是六月底，距離齊藤失蹤已經有好一段時間。「反正都已擱置這麼久，乾脆別管他不就得了？」
『不行啦，畢竟這關係到公司的顏面。所以我就被借調到忙碌的福岡分部。哎，收拾叛逃的員工本來就是我們部門的工作之一。』
「活像忍者的世界。」
猿渡看過一齣電影就是描寫這樣的故事。拋棄鄉里的逃忍被一路追殺，與吃同一鍋飯長大的兒時玩伴分處叛徒與追兵的對立立場，雙方無情地相互殘殺，最後追兵心軟放走逃忍，而被鄉里的人視為叛徒誅殺了，可說是相當殘酷的結局。
「咱沒有嗎？」猿渡突然感到好奇而問道：「追殺逃忍的追兵。」
如果脫離公司就會被殺，自己應該也不例外吧？猿渡是這麼想的，阮卻一笑置之。
『要是對你下手，損傷的反而是公司。』

阮說得沒錯，公司裡沒有本領在猿渡之上的殺手，即使派追兵前來追殺猿渡，猿渡也有自信將他們全數收拾掉。公司原本就處於人手不足的窘境，自然不會做這種讓員工白白送命的蠢事。

『總之，在工作結束前，我不能回東京。下次一起去喝一杯吧。』

面對這不知是出於真心或客套的邀約，猿渡含糊地點了點頭。

這麼一提，剛才阮提到「發掘殺手」。他隸屬的部門就是一般公司的「人事部」，負責拜訪各地的仲介，發掘本領高強的殺手，想方設法將其挖進公司，因此，他們都擁有透過獨自管道調查得來的仲介名單。

這些名單或許能派上用場。

「欸，阮，有件事想拜託你。」

『什麼事？』

「能不能給咱福岡縣的仲介名單？」

『咦？』阮一時語塞。『……真的假的？要是被發現，我會被做掉的。』

「別被發現就好了。」

『……真拿你沒辦法。』阮不情不願地答應，並叮嚀：『下次你要請客喔。』猿渡得找家好店才行。

多虧這位老同事，猿渡總算能踏出自由殺手的第一步。最重要的是人脈——上司的話語閃過腦海，令猿渡心裡有些不舒服。

二局上

博多運河城，通稱「運河城」，是一座結合服飾店、餐飲店、電影院及劇場等各種娛樂的複合商業設施。一如「運河城」之名，建築物內有水流過，還有大型噴水池；舞台區時常有表演節目，也有藝人參與活動或開現場演唱會，是位於天神與博多中間、和鬧區中洲比鄰的福岡市地標。

榎田最近都逗留在這附近的網咖裡。

不知是不是因為今天是平日，運河城的遊客很少，地下中央的肖像畫師全都一臉無聊，販賣銀飾與能量石的攤位也是生意清淡。

朋友拷問師馬丁內斯來電表示有事商量，和榎田約好在運河城地下一樓的咖啡廳見面。榎田喝著咖啡牛奶，在窗邊的座位上等了幾分鐘後，身高超過一百九十公分的黝黑大漢便在店門口現身。

用不著榎田舉手告知自己的位置，馬丁內斯點完冰咖啡後，便立刻察覺他那顆色彩鮮豔的腦袋。

「抱歉，我遲到了。」

馬丁內斯走向榎田，在他對面的椅子坐下來。

「我都長這麼大了，還差點變成走失兒童。」馬丁內斯露出苦笑。「運河城的構造為什麼這麼複雜啊？」

「有時候以為自己在一樓，結果是地下一樓。」

「對對對，這種建築物到底是誰蓋的？」

「聽說是一個叫做喬恩・捷德的美籍建築師設計的。」

「你不覺得外國人的想法很難理解嗎？」

「你長成那副德行，還說這種話？」

在榎田看來，馬丁內斯這個多明尼加人同樣是不折不扣的外國人。

「對了，你要跟我商量什麼事？」

「我想請你幫我調查一件事。前幾天，天神不是發生車禍嗎？」

榎田也在新聞上看過那場車禍的報導。「記得是在渡邊路的交叉路口吧？有一輛車突然暴衝。」

「沒錯。」馬丁內斯點了點頭，繼續說道：「那輛車衝撞周圍的車子逃走了。我正在找那個駕駛。」

「那一帶的監視器很多，應該很快就能查出車款和車牌號碼。」

「太好了。」

馬丁內斯把視線移向外頭，突然「啊」了一聲。他似乎在隔著窗戶可望見的中央棟發現什麼。

「喂，你看。」他指示的方向有個年輕女子，仔細一看是一張熟面孔。那不是女人，而是男人。「那不是林嗎？」

「真的耶。」

只見打扮成女人模樣、化著漂亮妝容的林，從運河城的北側穿越中央，走向博多站方向。

「怎麼？來買東西嗎？」

「應該是吧。」

林的雙臂掛著大量的購物紙袋，神采飛揚地走著。他並未發現兩人，就這麼經過咖啡廳旁。

「話說回來……」馬丁內斯歪頭納悶。「那小子為什麼總是穿女裝？」

「應該是某種投射性認同吧。把自己投射到過世的妹妹身上，藉此獲得滿足。」

「是嗎？我倒覺得看起來比較像是出於興趣。」

剛踏出有涼爽冷氣的設施，令人窒息的熱氣便纏繞全身。六月底的福岡日照強烈，曬得人倦怠無力，即使穿著清涼的T恤、短褲和涼鞋，還是沒走幾步路就滿頭大汗。雙手上的大小提袋也逐漸消耗林的體力。

好像買太多了——林暗自反省。他為了添購夏裝來到運河城，可是試穿的每一件衣服都很中意，難以取捨，最後全拿去結帳。這都要怪自己穿什麼都好看。

離開運河城，色彩鮮豔的青蛙雕像映入眼簾。前頭的行人穿越道號誌正好變成綠色，開始播放〈通過吧〉旋律，人們一同邁開腳步，穿過黑白相間的步道。就在林正要跟著邁步時，包包裡的手機震動起來，有人來電。林邊走邊拿出手機，放到耳邊。

『你在哪？』傳來的是馬場的聲音。

「運河城前面。」

『明太子呢？』

聞言，林才猛然想起來。這麼一提，馬場託他「買明太子回來」。好險，要是空手而歸，這個男人又會囉唆個不停。

『你該不會……』馬場的語調變了。『忘了買唄？』

「我記得。」其實林忘得一乾二淨。「現在正要去買。」

『要我等多久？快點買回來。』

「你很囉唆耶，連半天都不能忍嗎？」這個明太子中毒者，最好因為鹽分攝取過多而早死！林在心中咒罵。

『你知道唄？無添加色素，小辣，別弄錯──』

馬場還沒說完，林便說了句：「知道啦！」掛斷電話。

馬場對林有恩，不但以明太子五年份為酬勞救了林的命，還收留無處可去的林。現在，林寄宿於馬場的事務所，持續支付酬勞。

林在車站地下街的直營店購買馬場指定的明太子後，便走出博多站的筑紫口。走了片刻，一棟住商混合矮樓映入眼簾，三樓的窗戶上印有「馬場偵探事務所」的字樣。

一打開事務所的門，便看見打赤膊的馬場站在穿衣鏡前揮棒。他一面低聲吆喝，一面用力揮動套著增重環的金屬棒，隆起的上臂肌和腹肌汗水淋漓，光看就感到悶熱，令人非常不快。那面鏡子是買來確認全身的服裝搭配效果用的，不是讓你確認揮棒姿勢的

——林很想這麼說，但終究還是忍住了。

「別在房間裡練習揮棒，很擋路。要練去打擊場練啦，去打擊場！」

林說道，馬場這才察覺到他。「你回來啦。明太子呢？」

劈頭就是這句話？林啼笑皆非。

是、是，買回來了。林默默舉起「福屋」的袋子，馬場的眼睛倏然亮起來。

「無添加色素的？」

「小辣。」

林宛若說暗號似地立即回答，馬場露出滿面笑容應道：「合格！」然而，他又立刻變了臉色，指著林手上的購物袋。「那些大包小包的是啥？」

「還能是什麼？衣服啊，衣服。運河城在舉行特賣會。」

「……你又去亂花錢？」

「有什麼關係？反正是我自己賺來的錢。」

「衣服用不著買那麼多唄？」

「我用得著。」林不悅地皺起眉頭反駁：「你自己還不是一樣，棒球手套買了好幾個？你以為你有幾隻手啊？又不是蜘蛛。」

「我這是有多種用途的。」馬場得意洋洋地說：「內野手手套、外野手手套、一壘手手套和捕手手套，用途全都不同。」

「我的衣服用途也不同啊，工作用和私下用。」

「每件看起來都差不多呀……」說著，馬場翻看起袋子裡的東西，汗水淋漓的手臂毫不客氣地伸進設計精美的購物袋中。

「喂，別用你的髒手碰衣服，把汗擦乾啦！」

「……這塊布是啥？毛巾麼？正好，我可以拿來擦汗麼？」

「那不是毛巾，是披肩！住手！」

林連忙搶走披肩，但馬場的惡作劇並未停止。這回他從袋子裡拿出一個附有大蝴蝶結的髮箍戴在頭上。

「如何？好看麼？」

粉紅色的蝴蝶結淹沒在汗涔涔的亂髮中。

「住手，會弄髒！」林伸出手來，試圖奪回髮箍，但怎麼也搆不著高了他十五公分的男人頭頂。

馬場照著穿衣鏡，心滿意足地點頭。「……我這樣挺好看的唄。」

「一點也不好看！」

林已經到達忍耐的極限，他一把搶過金屬棒，胡亂揮舞。

「你有完沒完啊，混蛋！」

「哇！」馬場往後仰。「好危險！」

「我要打死你！」

「球棒不是用來打人的！」馬場連忙把手伸向訪客用的沙發，拿起上頭的坐墊。那是林睡覺時用來充當枕頭的便宜坐墊，馬場用它來抵擋攻擊，但只能一路防守。「是用來帶給人們夢想和希望！」

「囉唆！」

「要好好愛惜球具！」

「那你就乖乖挨打啊！」

金屬球棒對坐墊的全武行持續上演，弄倒了物品，打凹了桌子，整個房間變得亂七八糟。

林對馬場使出全力一擊，被打中的坐墊啵一聲掉落在地。林繼續逼近手無寸鐵的馬場，朝著他的腦袋揮落金屬棒；馬場雙手一夾，接住了球棒。

就在這時候，傳來門被輕輕打開的聲音。

「啊！」

林和馬場以空手奪白刃的姿勢定格。他們停下動作，把頭轉向事務所門口。

站在門口的是個陌生女子，並沒有殺氣，似乎不是發動奇襲的殺手。女人交互打量馬場和林，連眨了幾次眼。

「……請問……」女人戰戰兢兢地問：「這裡是馬場偵探事務所吧？」

一年到頭都門可羅雀的偵探事務所，竟然有客人上門。

「對。」馬場回答：「我是所長馬場。」

「你、你好……」女人用難以言喻的表情凝視著頭戴蝴蝶結的半裸男人。

馬場把髮箍扔到一邊，穿上T恤，微微一笑。「失禮了，請進。」

女人依言走進事務所，一臉不安地環顧室內。馬場偵探事務所用隔間板隔成兩半，分為會客區與生活區。一看見隔間板另一頭那些馬場亂扔的垃圾以及成堆的待洗衣物，女人就變了臉色，似乎是後悔跑來這種怪地方。

「請坐。」馬場向客人勸座，又對林說道：「小林，去泡茶。」

「啊？為什麼我得泡茶？」

「別說了，快去、快去。」

林不情不願地從櫥櫃裡拿出杯子。由於鮮少有客人上門，每個杯子都久未使用，滿布塵埃。看來最好先洗過一次，真麻煩。林聳了聳肩，走向流理台。

隔間板的另一頭傳來馬場的聲音。「請問您想委託什麼事？」

女人沉默了片刻後，才小聲說道：「……我想請你調查我先生有沒有外遇。」

✷

「說到林……」馬丁內斯將只剩一半咖啡的杯子端離嘴邊，改變了話題。「上次那場比賽真是打得亂七八糟。」

「嗯。」榎田叼著吸管，點了點頭。「失誤連連。」

火車過山洞、傳球失誤外加掉球，真是亂七八糟。真虧他們在那種情況之下還能夠贏球。

「二游搭檔的默契不好，一壘手就會跟著分心，害我也差點失誤。」

「單純是你球技不佳吧？」

「囉唆，外野給我閉嘴。」

榎田把吸進嘴裡的咖啡牛奶吞下喉嚨。「哎，至少別在比賽中吵架嘛。」

「就是說啊。」馬丁內斯也表示贊同。「大賽快到了，老是這樣會被對手笑的。」

「連雙殺都辦不到的二游搭檔，大概也只有我們隊上有吧？」

「真希望他們多展現一點默契，像藍迪與ＤＪ那樣。」

「那是誰？」榎田從未聽過叫這個名字的選手。「大聯盟的選手嗎？」

「是外國小說的主角。」

「馬丁大哥，你有在看小說？」榎田大吃一驚。沒想到馬丁內斯的口中居然會冒出文學話題，他完全無法想像這個外表豪邁的男人安靜讀書的模樣。榎田用輕蔑的口吻笑道：「鐵定是同志小說吧？」

「你不知道嗎？彼得・雷夫寇特的《二游搭檔之戀》（註2）。」

「你真是個從不背叛他人期待的男人耶。」

「別小看這部作品，這可是名作。」馬丁內斯忿忿不平地說道，接著又得意洋洋地敘述內容。「藍迪是個明星游擊手，雖然有老婆也有孩子，卻和同隊的二壘手ＤＪ交往。後來他們的戀情曝光，被隊友歧視，被球迷噓爆，處境非常淒慘，就連敵隊也對他們很不友善。在某場比賽中，敵隊的捕手侮辱藍迪，不但用粗俗的字眼挑釁他，還故意對他投觸身球。後來，在無人出局的情況下跑上三壘的藍迪做了什麼，你知道嗎？」

榎田歪了歪頭。「不知道。」

「他居然盜本壘！」馬丁內斯興奮地說道：「無人出局卻直衝本壘。他衝撞侮辱自己和情人、要求投手故意投出觸身球的可恨捕手。盜壘成功與否對他而言一點也不重要，他只想著要修理敵隊的捕手。藍迪成功把兩百五十磅重的巨大身軀撞飛，高舉拳頭說：『知道厲害了吧？混蛋。』很熱血吧？」

馬丁內斯興奮地說道，榎田則是敷衍地贊同。

「別說這些有的沒的了，關於剛才提到的肇事逃逸……」

榎田把話題帶回工作上，馬丁內斯嘟起嘴來。「什麼叫有的沒的……你這小子真沒意思，偶爾也享受一下閒聊的樂趣嘛，不然會沒有朋友喔。」

「我可不是閒著沒事幹。」聆聽別人說話是情報販子的基本功，不過待會兒他有事要辦，晚上還得和別的客戶見面。

「馬丁大哥，你找那個駕駛暴衝車的肇逃犯做什麼？」

「我是在幫次郎他們的忙。這是復仇專家的工作。」

復仇專家正如其名，工作就是替人復仇，座右銘是「以眼還眼，以牙還牙」，過度傷害對方是大忌。對方開了三槍，就只能回敬三槍，不能做更多的攻擊。受多少苦，給多少苦——這是次郎的方針。

「在那起車禍裡被撞的男人提出了委託。他的寶貝新車被撞得面目全非，所以他想報仇。」

◉註2：《The Dreyfus Affair: A Love Story》，Peter Lefcourt著。

平時次郎接到的委託大多是情人或家人被殺的被害人親屬提出的，為了行車糾紛而報仇是相當罕見的案例。

「他們現在很忙，分不開身，所以我就代替他們接下委託。」

「……因為你很閒啊。」

榎田投以憐憫的視線，馬丁內斯縮起巨大的身軀，嘆了口氣。

「是啊。」

「當拷問師沒什麼賺頭吧？」

「就是說啊。這年頭都是一堆軟弱的傢伙，根本用不著拷問就把情報全招了，完全沒有我們的用武之地。」馬丁內斯開始抱怨。「之前也是這樣，久久接到一次委託卻又立刻取消。委託人是某個小堂口的流氓，說是有個幹部背叛組織逃走，他們抓了和那個幹部很親近的小弟，想逼他說出幹部的下落，叫我去拷問……誰知道那個小弟三兩下就害怕了，我還沒到場便把幹部的下落招出來。很窩囊吧？」

馬丁內斯聳了聳肩說。

「如果多加宣傳，說不定會有更多工作上門啊。你可以打廣告試試看。」

「我沒那種閒錢。」

「既然這樣，我有個好辦法。」

榎田從包包裡拿出平板電腦，連上網路、開啟某個網站後把畫面轉向馬丁內斯。畫面中央是大大的「地下求職網　福岡版」字樣。

「……地下求職網？這是什麼玩意兒？」

「就是俗稱的地下網站，是現在福岡最大的網站。在這裡的工作徵求板留言，宣傳效果應該不錯。」

「現在這個時代，什麼事都可以在網路上解決呢。」

榎田迅速敲打鍵盤。「『要他招供！要他痛苦！要他遍體鱗傷！無論任何需求都能滿足，為您提供超值的拷問師派遣服務。估價免費，歡迎來信洽詢。』——這樣如何？」

「再加句『首次試用享五折優惠』。」

「ＯＫ。」

「我該走了。」馬丁內斯說道，站了起來。

「啊，對了，馬丁大哥，也給你一個吧。」榎田從緊身褲口袋中拿出新作。「紅背蜘蛛型竊聽發訊器2.0版。」

馬丁內斯歪頭納悶：「2.0版？這和之前的有什麼不同？」

「——外遇？」

馬場反問，女人點了點頭。

「對。我先生好像在外頭養女人……我想請你調查這件事。」

「在外頭養女人……」馬場沉吟，又高聲呼喚：「小林～茶泡好了沒～？」

「囉唆！」我又不是你的祕書！林一面抱怨，一面把杯子遞給客人。「拿去！粗茶！」

林把杯子往桌上用力一放，杯裡的茶水濺出少許。馬場邊用面紙擦拭桌子，邊嘿嘿笑道：「對不起，沒把這孩子教好。」

林「哼」了一聲背過臉去，在馬場身旁盤腿坐下。

根據突然上門的客人——飯塚久美子所言，她的丈夫忠文是個平凡無奇的上班族。久美子三十三歲，忠文三十一歲，兩人結婚四年，膝下無子。久美子是專職的家庭主婦，一直默默支持著丈夫。

然而，大約從半年前開始，丈夫變得不太對勁。

「他總是很晚才回來。」

本來他最遲九點就會下班回家，最近卻常常在凌晨四點過後才回來。問他理由，他總是說「公司交際應酬」、「客戶邀約無法拒絕」，而且不時聲稱出差，離家好幾天。滿心狐疑的久美子趁丈夫不在家時檢查房間，結果發現不得了的東西。

「這是我在抽屜裡找到的……」

久美子遞給馬場幾張名片，名片上印有「Club.Eve」字樣及女人的名字，顯然是酒店的名片。

「他那麼晚回來，就是因為泡在這家酒店裡。」

那又怎麼樣？林打了個呵欠，喃喃說道：「不過是去酒店玩玩而已，有什麼關係？」

「一個禮拜三天耶！根本不正常！」

頻率確實太高了，已經超出交際應酬的範圍。莫非是迷上哪個酒店小姐？可是，他哪來的錢？忠文的月薪都交給久美子管理，他可以自由運用的只有每個月五萬圓的零用錢。久美子越來越不安，終於按捺不住，採取下一個行動。

「我偷看了先生的手機。」

「……真的假的？」林露出露骨的厭惡。就算是夫妻，怎麼能做這種事？完全不尊重對方的隱私。

「他的電話簿裡登錄了一堆女人的名字。」

馬場歪頭納悶。「一堆女人的名字？」

「愛子、香織、真紀……」久美子開始唱名，似乎是照著五十音順序把所有女人的名字都默背起來，真可怕。「美由、百合、麗奈……為了慎重起見，我把所有人的電話號碼都抄下來。」

「好恐怖！」林感到毛骨悚然，忍不住叫道。他小聲喃喃自語：「難怪老公會外遇。」被馬場輕輕地敲一下頭。

「您向您先生問過那家酒店的事嗎？」

「不，我什麼也沒問。」久美子搖了搖頭。「不過，我實在很擔心，所以去那家酒店看過。」

「哇，太誇張了吧？」林大為傻眼。她這種神經兮兮的反應實在令人厭煩。

「您進了店裡？」

「不，我躲在附近監視，看看我先生有沒有出入那家酒店。後來，我先生果然出現了。他和一個年輕女人走出酒店，坐上車子後消失無蹤。」

久美子說著「這是那時的照片」並遞了幾張照片給馬場，每張照片上都映著男女親暱的模樣。

「……你乾脆別當家庭主婦，去當偵探算了。」林忍不住脫口而出。馬場瞪了他一眼，示意他別多話。

「我本來想搭計程車追上去，但是打擊太大，實在提不起勁，就直接回家。」

「您一定很傷心吧？」見馬場說得虛情假意，林不禁嗤之以鼻。

「我先生真的搞外遇嗎？他和那個女人是什麼關係？我想知道真相，能請你幫忙調查嗎？」

真蠢——林暗想。她明明早就察覺到丈夫的心已經不在自己身上，難道非要把決定性的證據擺在她眼前，才肯面對現實嗎？懷疑丈夫，卻又相信剩下的可能性，真是個麻煩的女人。

「我接受您的委託。調查期間是兩個禮拜，可以嗎？」

久美子點了點頭，聽完調查方法及費用等相關說明後，立刻在文件上簽名。

「那麼，從現在起算的兩個禮拜後——七月十四日，我會向您報告調查結果。」馬場說道。

辦完手續後，久美子向馬場低頭致意，離開事務所。林隔著窗戶望著她的背影，嘆了一口氣。

「根本用不著調查。」有那種老婆，難怪丈夫想外遇。「有問題，鐵定有問題。」

「那倒不見得。」馬場似乎相信丈夫的清白。「你不覺得奇怪麼？」

「奇怪？」林並不覺得有什麼好奇怪的。「哪裡奇怪？」

「電話簿。女人的名字太多了。」

「不就是同時和好幾個女人搞外遇嗎？她老公才三十出頭，性慾一定很旺盛。」

「把錢花在女公關身上的人，多半是迷戀特定的某個女人唄。」

對於從未把錢花在女公關身上，也從未迷戀過特定某個女人的林而言，這是個無法回答的問題。「我不知道啦，這是你的經驗談嗎？」

「名片的數量也太多了。」

久美子帶來的三張名片分別印著三個名字，第一張是「真紀」，第二張是「百合」，第三張是「愛子」，都和剛才久美子如念咒般背誦的名字一致。

名片上除了女人的名字，還寫著電子信箱、電話號碼，以及「Club.Eve」的店名和店址。

馬場看著名片，恍然說道：「這家叫 Eve 的店……」

「你知道？」

林詢問，但馬場並未回答，而是開始撥打電話。「呀，喂？大和老弟？」

大和是他們認識的某個青年，擅長耍小花招，職業是扒手，林以前也曾經栽在他手上。雖然他本領高明，但依然無法光靠扒竊維生，平時的副業是牛郎。

「你知道一家叫做 Eve 的俱樂部麼？這應該是你們的系列店唄？」記得大和工作的牛郎店叫做「Adams」。「呀，果然是麼？你認識店長？那我有事要拜託你……有個女孩想進 Eve 工作，你可以幫我向店長關說一下麼？」

大和似乎沒有立即答應，馬場千拜託、萬拜託，數分鐘後，對方總算讓步。馬場說了句「謝啦」，掛斷電話。

「他說ＯＫ。」馬場回頭對林笑道：「太好啦。」

「啊？」

太好啦？好什麼？

林一臉錯愕，馬場則豎起大拇指。

「加油，小林。」

二局下

「——妳說什麼？」猿渡瞪著眼前的女人。

「我說……」女人在吧檯前拄著臉頰，一臉不耐煩地重複：「我不能僱用你。」

猿渡循著阮給他的清單找遍北九州市內的仲介，然而，沒有一個仲介願意聽猿渡說話，全給他吃了閉門羹。

最後一家是位於北九州市小倉北區紺屋町的飛鏢酒吧「淑女・瑪丹娜」，據說這家店的老闆在替殺手媒合工作。在這個酒店、色情店、牛郎俱樂部及主題酒吧等夜店匯集的地帶，「淑女・瑪丹娜」靜靜矗立於不起眼的位置，是美國治安不良的地區常見的那種充滿低俗氣氛的酒吧。店內四處是紅色或藍色的霓虹燈，毫無一致性；深處有三台飛鏢機，幾個年輕人正在玩耍。

店內員工只有吧檯裡的女人一個，她似乎就是老闆，臉孔和身體都充滿龐克風，打扮十分花俏。她留著一頭染紅的中分長髮，上半身穿著緊身馬甲，露出的雙肩上刺著蜘蛛刺青。雖然是個美女，但眼睛周圍濃濃的眼線給人一種強烈的難以親近感。

有別於先前的仲介，這位女老闆願意聽聽猿渡的說法。猿渡向她說明原委，請她媒合工作，但她一口拒絕：「做不到。」

猿渡難以接受，追問理由：「為什麼？」

「我說你啊……」女老闆叼起香菸，點上了火。「沒在這個城市工作過吧？」

她說得沒錯，猿渡從來不曾在北九州工作。猿渡的出道戰在東京，之後接的一直是關東地方的委託。

「咱在 Murder Inc. 工作了七年。」

「Murder Inc.？哦，我聽過傳聞。」女人吐了口白煙，嗤之以鼻。「就是那間考試時只要填上名字就會被錄取的公司，對吧？」

猿渡不快地皺起眉頭，女人則是露出愉悅的表情。臭婆娘，狗眼看人低，混蛋。猿渡不禁咋舌。

「如果有人介紹倒也罷了，我可沒那個閒錢僱用無名殺手。好，快回去吧，別妨礙我工作。」女老闆像在驅趕蒼蠅似地揮了揮手，如此說道。遭受這種對待，猿渡的自尊心不容許他繼續厚著臉皮討工作，他離開了酒吧，粗魯地甩上門。

返回投宿飯店的路上，猿渡嘆一口氣。這下子全軍覆沒了。好不容易弄來仲介清單，卻沒人肯僱用他。

然而，現在猿渡沒有其他的接案管道，這張清單是他唯一的寄託。明天跑遠一點，去福岡市內繞一圈吧。猿渡暗想，自己這樣活像拿著徵才資訊四處找工作的裁員上班族，實在太可笑了。此時——

「——老兄，你看起來好像不太開心啊。」

一道男聲傳來。

回頭一看，一個年輕男人坐在長椅上對著猿渡揮手。他的年齡和猿渡相仿，戴著眼鏡，身穿條紋襯衫，打著細領帶，外加一件藏青色夾克，下半身是白色卡其褲，一派清爽的商務休閒風打扮。

不但沒找到工作，還被怪人糾纏，今天運氣真差。

猿渡轉過身，再度邁開腳步。

「咦？不理我？等一下啦。」

男人追上來。

猿渡皺起眉頭。這個男人到底是誰？真噁心。猿渡加快腳步，試圖拉開距離。

然而，男人依舊緊追不捨。

「太過分了吧？見到久違的朋友居然是這種態度？」

聽見朋友兩字，猿渡倏然停步，回過頭端詳男人的面孔。

「好久不見啦，猿仔。」

男人露齒而笑。

猿渡想起來了。稱呼自己為「猿仔」的只有那小子一個。

「你該不會是……巨吧？」

「你總算想起來啦？」

新田巨也，高中時代的同學，同屬棒球隊，和猿渡是投捕搭檔。沒想到會在這種地方和他重逢。

「你在幹嘛？」

「工作啊，工作。我現在住在這裡。」說著，新田微微一笑。「站著不方便說話，要不要去吃『老資』？」

走下小倉站南口的天橋，沿著單軌鐵路步行片刻，便可看見平和路站；從那裡穿過魚町商店街的拱門後，就可看見「老資烏龍麵」。這是北九州市民再熟悉不過的烏龍麵店，猿渡點了份山藥烏龍涼麵，新田則是點了份炒烏龍麵。

雖然在同一支棒球隊裡擔任投捕搭檔，但猿渡和新田的交情其實不深，純屬社團活動上的往來；再加上高中畢業後，他們已經有七年沒見面，猿渡根本不知道該聊什麼才好。猿渡默默吃著烏龍麵，渾身不自在，甚至有種喘不過氣來的感覺。

「……對了～」

不過，新田似乎不然。他愉悅地瞇起眼睛，突然直搗核心。

「猿仔，你是殺手吧？」

「噗！」猿渡險些把含在嘴裡的開水噴出來。他一面咳嗽，一面反問：「你、你怎麼知——」

「風聲已經在小倉傳開了，說有個年輕的殺手四處向仲介自我推銷。就是你吧？猿仔。」

新田若無其事地說出「殺手」一詞。這麼說來，這個男人也是地下業界的人？莫非是同行？

「……你到底是做什麼的？」

「抱歉，這麼晚才自我介紹。」新田正襟危坐地說道：「我是從事這一行的。」

他一本正經地遞出名片，名片上印著「殺手顧問　新田巨也」。

「殺手顧問？」

「如字面所示，就是接受殺手諮詢的人。」新田一面吃麵一面說明。「每個殺手都懷著不同的想法工作，有的人是想更有效率地賺錢，有的人是想成名，有的人是想從事驚險刺激的工作——給予精確的建議，滿足每個人的需求，就是我的工作。別看我這副德行，我可是很有本事的，好幾個紅牌殺手都是我的客戶。」

高中時代在同一支棒球隊擔任投手與捕手的兩人，居然會在七年後以殺手和殺手顧問的身分重逢，該說是奇遇？還是世界太小？

「別說這個了，猿仔，你在找工作吧？如果你不嫌棄，我可以提供諮詢。我在這一帶有人脈，或許可以替你介紹。」

就算是老同學，但對方可是從事不明行業的男人，不該輕易相信他。不過，人脈這個字眼吸引了猿渡。最重要的是人脈——上司這句話重新浮現於腦海中。猿渡覺得自己若是錯過這個機會，或許再也找不到工作，不禁左右為難。

苦思片刻後，猿渡決定對新田說出事情始末。他在高中畢業後進了 Murder Inc. 當殺手，工作七年，在前些日子辭職。

「你辭職了？為什麼？」

「因為忒無聊。」猿渡啐道。

在那家公司工作的猿渡，像是每天只打沙包的拳擊手，既不練習對打，也不參加比賽，只是一味毆打毫不反抗的黑塊。這就是猿渡的心境。只是單方面地殘殺弱小，對手從不反擊。

「咱想和更強的人交手，最好和咱一樣是殺手。」

「原來如此，所以你才改當自由殺手，可是找遍仲介，卻沒人肯僱用你？」

「他們嫌咱沒有名氣，不肯僱用。」

然而，猿渡無法接受這個理由。沒有名氣哪裡不好？這就和職棒裁判越沒有名氣就越優秀是同樣的道理，殺手當然也是沒沒無聞比較好。

「無名不就等於優秀嗎？」

一直以來，猿渡都能神不知、鬼不覺地完成工作，從未失手，所以才沒沒無聞。對於以隱密為要的殺手而言，名字廣為人知反而不合格。

聽了猿渡的一番話，新田面露苦笑。

「你的殺手論不無道理。如果是隸屬於某個組織的殺手，這種想法確實是正確的。不過，對於必須打出名號才行的自由殺手而言，可就不是這麼一回事，尤其在這座城市裡更是不管用。你知道福岡有多少殺手嗎？」

「不知道。」猿渡冷淡地回答：「你問咱，咱問誰？」

「沒錯，不知道，總之有很多，甚至有百分之三的人口是殺手的說法。要怎麼在眾多殺手中引人矚目、讓人留下強烈的印象，這就是重點。」新田一臉嚴肅地說：「『風聲』會轉為『風評』，變成『名聲』；而『名聲』突破天際，就會變成『傳說』。」

過去在公司裡累積的成果在這裡派不上任何用場。在福岡，猿渡與無名的新人沒有兩樣，他必須捨棄過去的資歷，從零開始。有意思，好極了，這幾年來糾纏自己的無聊感彷彿在一瞬間消失。

猿渡渾身打顫。咱一定會爬上顛峰——他的嘴角微微上揚。

「欸、欸，猿仔。」新田面露賊笑。「要不要和我一起工作？」

「啊？和你？」

「對。我會以顧問的身分把你變成福岡第一殺手，最強的『殺手殺手』。」

新田從以前就是個難以捉摸的男人，雖然平易近人，但猿渡完全猜不透他的腦子裡在想什麼，有時在他的笑容背後甚至會感受到一股陰森的氣息。這種氛圍如今似乎仍然健在。

他藏在眼鏡之後的雙眸散發出詭異的光芒。

「我們重新搭檔吧，就像從前那樣。」

三局上

「Club.Eve」和大聲播放音樂的廉價酒店截然不同，整間店瀰漫一股沉穩的氛圍，而且裝潢完美重現連續劇裡出現的銀座高級俱樂部。現在林終於明白，介紹人大和為何一再叮嚀「千萬別對客人做出失禮的事」。

就算久美子的丈夫常來這家店，也不用叫他扮成女公關潛進來啊！林嘟起嘴巴。雖然他難以接受，但現在不是埋怨的時候。

「凜子。」店經理呼喚林。凜子是林臨時想出來的花名。「妳馬上過去九號桌，是沒指名的客人。」

「哦……」林無精打采地回答。

「笑容、笑容！」經理示範笑臉。「態度殷勤一點。」

林已經透過曾身為美容師的次郎之手打理好髮妝，穿上淡粉紅色的單肩洋裝，胸部則是戴著含矽膠墊的隱形胸罩，藉此蒙混胸圍。雖然天花板上吊著豪華的水晶燈，店內卻是一片昏暗，在這種狀態下，應該藏得住林的男兒身。

林走向指定的座位，好幾次都因為踩到洋裝裙襬而險些跌倒。由於他穿著比平時更高的高跟鞋，走起路來可說是步履維艱。抵達座位後，林吁一口氣，他一反常態地緊張起來。

「打、打擾了。」

笑容、笑容，態度殷勤一點──林在心中覆誦，擠出僵硬的笑容。到這個節骨眼上，他已經豁出去了。「很高興認識您，我叫凜子～」

林依照經理的教導，在座位前跪下，低頭打招呼。

客人是個二十五、六歲的年輕男人，一身牛仔裝扮，活像是從西部劇跑出來。

「妳叫凜子啊？好可愛～」

聽了男人的話，林露出抽搐的笑容。「哈哈，大家都這麼說。」

「我叫牧下陸，叫我『瑞奇』就好。」

大和說過「Club.Eve」是黑道和殺手專用的酒店，常被用作地下業界的招待所及商談場所，所有女公關接待這類客人都已駕輕就熟。

林的第一個客人也自稱是殺手。

「別看我這樣，我在業界可是很有名的，妳應該也聽過吧？『雙槍瑞奇』。」

林完全沒聽過。

「……唔，是嗎？」

聽了林的回答，瑞奇的表情立刻蒙上一層陰影，林連忙訂正：「這、這麼一提，我好像聽過。」

「我就說吧？」

他立刻變得得意洋洋，真是個麻煩的男人。

「我是漂泊的槍手，在世界各地工作，包括美國、多明尼加、以色列，還有名古屋。」

「哇，好厲害喔～」

「這就是我的夥伴。」說著，瑞奇拿出兩把左輪手槍炫耀。

之後，他滿嘴的手槍經，林只是在一旁隨口附和。時間到了以後，他並未延長，只留下一句「下次我會指名凜子」便回去了。光是應付一個人就如此疲累，原來女公關這個行業也挺辛苦的。林目送瑞奇離去，嘆了口氣。

工作告一段落，林正想回休息室，卻被經理叫住了。

「啊，凜子。」

幹嘛啦——他險些如此回答，又及時忍住。

「有什麼事嗎？」

「妳去填百合的空檔。」

「……填空檔？」

「對，五號桌。」

林依照吩咐前往五號桌。那是個小包廂，位於大柱子後方。

客人已經在包廂裡等候，林再次殷勤地打招呼。

「我叫凜子，請多指教～」

他猛然抬起頭來，望向客人的臉。

「呃！」

沒想到竟然是張熟面孔，林忍不住叫出聲來。

「你……」林整張臉僵住了。「你怎麼會跑來這裡——」

五號桌的客人是馬場。

不願示人的模樣竟然被最忌諱的人看見了。一股羞恥之情倏然上湧，林的臉頰開始發燙。

「好啦、好啦。」馬場拍了拍椅子。「別說了，先坐下唄。」

為什麼我得坐在這傢伙身邊替他倒酒？林恨不得咒罵幾句，但經理就在角落盯著他，他只能不情不願地入座。

氣氛有點尷尬。

林點了烏龍茶，一口氣喝乾後，側眼瞪著馬場。

「……你跑來這裡幹嘛？特地來嘲笑我的嗎？」

「我是趁著工作空檔順便過來看看。我一直擔心你會和客人吵架，沒想到你工作起來還挺認真的唄，了不起、了不起。」

「說什麼『順便』啊？白痴。」桌上放著香檳空瓶，而且有兩瓶。「你根本是來找樂子的吧？」

這家店的酒一瓶要價幾十萬圓，要說是順便，未免太大手筆。

「我剛才指名頭號紅牌喔。她很可愛，所以我特地開酒捧場，但她一下子就跑去別桌了。」

「……你當什麼火山孝子啊？」

居然讓馬場開了兩瓶香檳，真不愧是這家店的頭號紅牌。又或者只是這個男人太好拐了呢？

「言歸正傳。」馬場換上嚴肅的語調，突然把話題轉移到工作上。「老公呢？」

久美子的老公——飯塚忠文目前尚未現身。「好像還沒來。」

「這樣呀。」

馬場的口吻像是認為他不會來了。

「……那我也該走了。」馬場從椅子上起身。「哎，你加油唄。」

「囉唆，快滾回去啦。」

「拜拜，凜子，我還會再來的。」

「小心我宰了你。」

馬場結完帳後走出店門時，一個男人與他擦身進了店裡，是個身穿白色西裝、面貌凶惡的男人。

見到那張臉，林暗自心驚。

林認得他。

王龍芳，華九會的頭目。

他身後那個身穿灰西裝的削瘦男人林也認得，是會長的特助李。林為華九會效力時，曾在上司張的帶領下造訪總部，和他們在走廊上擦身而過。他們的存在感——或該說壓迫感十足，都是見過一次就絕不會忘記的類型。

話說回來，沒想到華九會高層會出現在這家店裡，非但如此，還偏偏挑自己來上班的時候，實在太不巧了。

林與華九會幹部之死牽涉甚深，若是真面目被識破，小命鐵定不保。林想像著最壞的發展，心跳開始加速。他反覆呼吸，讓自己冷靜下來。

王帶著幾個體格壯碩的保鑣，經理頻頻鞠躬哈腰。

「王董，歡迎光臨。」

「百合呢？」

王問道。他的嗓音低沉，聽起來宛若在低嗥。

「她現在在坐其他客人的檯，我馬上叫她過來。」

「不，不用了。」

王制止經理，把視線轉向林。林的視線與他相交，心臟猛然一震。

王用下巴指了指林。「沒看過她，是新人嗎？」

「是、是，她叫凜子，今天剛來……」

「在百合過來之前，先叫她陪坐吧。」

「咦！」

林不禁叫出聲來。喂，不會吧？居然指名他？冷汗沿著林的背部滑落。

事態越來越糟，經理也臉色發青。「妳千萬別做出失禮的事，別惹他生氣。」經理對林施壓，看樣子王應該是個出手闊綽的大客戶。經理似乎很擔心剛來的新人做出任何冒犯貴客的行為，但是林可無暇擔心這種小事。他擔心的事只有一件，就是身分會不會被識破。

林帶著王、李和他們的保鑣前往ＶＩＰ室。王在包廂內外配置護衛後，便在沙發坐下來。林坐在他身邊，抖著手替他調製水酒。王的粗壯手臂環住林的腰。

「……話說回來，區區一個殺手似乎費了你不少功夫啊。」王不顧林就在身旁，談起危險的話題，低沉厚重的嗓音響徹包廂。

「很抱歉。」李低下頭。

「他殺了我們的幹部，你打算讓他逍遙到什麼時候？」

「我已經計劃好要召集殺手對付他。」

「哦？」王笑了，但聲音十分嚴厲。「仁和加武士不是博多最厲害的殺手嗎？」

──仁和加武士？

林的心臟猛然一震，用夾子夾起的冰塊不小心掉到桌上，發出微小的聲音。王等人的對話戛然而止。林感受到數道視線，啞著嗓子道歉：「對、對不起……」

王笑了。「妳在緊張啊？」王在林的耳邊呢喃，讓林在各種意義上渾身發毛。那隻大而厚實的手掌從開衩處滑進裙裡，在林的大腿上游移。林衷心祈禱那隻手不會伸向胯下或胸部。

林靜靜地嚥下嘴裡堆積的口水，一面將威士忌倒入酒杯中，一面豎起耳朵聽他們繼續對話。

「就算僱用其他人，還是敵不過他啊。」

「對，所以……」李一派從容地回答。面對華九會頭目卻毫無懼意的，大概也只有這個男人了。「我打算僱用外地的殺手。」

「外地的？」

「博多以外也有許多活躍的殺手……而且，那個男人好像重操舊業了。」

「那個男人？」

「傳說中的去粉級殺手。」

林曾經聽說過，從前習慣用拉麵的硬度比喻殺手的強度，由上到下，分別是去粉級、鐵絲級、超硬級、偏硬級、偏軟級與超軟級。去粉級，不就是最強的嗎？

「G．G嗎？」王瞪大眼睛，隨即露出奸笑。「的確，就算是仁和加武士，應該也敵不過他吧。」

G．G？那是什麼的簡稱？究竟是何方神聖？連仁和加武士也敵不過？世上有這種人嗎？有這麼厲害的殺手？林難以置信。

就在林正要替王空了的酒杯添酒及冰塊時，VIP室出現另一個女人，是個穿著白色魚尾裙洋裝的黑髮女公關，王叫她「百合」。看來王指名的女公關來了，這下子就用不著林。林鬆一口氣，立即站起來低頭行禮，退出了房間。

林逃也似地小跑步回到休息室，坐在沙發上深深地吐了口氣。

「怎麼樣？習慣工作了嗎？」

正在補妝的女公關前輩香織親切地問道。

「完全不習慣。」林回答，又詢問：「欸，那個姓王的客人常常來嗎？」

「王董？他是從剛開張的時候就常來光顧的老客人。」說著，香織又壓低聲音：「是個超級老色鬼，聽說養了好幾個情婦，也常招惹我們店裡的小姐。」

「……真的假的？」

「他現在的寵兒是百合。」

好像是——林點了點頭。

「百合進這家店才三個月。她能夠在短短三個月內變成頭號紅牌，就是因為王董看上她。王董砸錢是不手軟的。」

「哦。」

「凜子，妳也要多小心，王董最喜歡長髮女孩了。」

留著短鮑伯頭的香織笑道，一副事不關己的態度。林回想起王的手在腳上游移的觸感，忍不住甩了甩頭。

三局下

右手的傷勢已經痊癒，工作上應該沒有大礙，於是安倍便帶著山本去找仲介接洽新委託。他們走在中洲河邊某條攤販林立的道路上，印有「拉麵」字樣的紅色布簾映入眼簾。這家路邊攤「小源」的老闆正是替安倍他們媒合殺手工作的仲介。

來到拉麵攤前，老闆的渾厚嗓音傳入耳中。

「抱歉，真的不行。」似乎不是自言自語，而是在和某人交談。「仁和加武士在忙其他工作。」

聞言，安倍朝著布簾伸出的手停住了。

——仁和加武士？莫非是那個「殺手殺手」？

安倍雖然困惑，但仍默默掀開布簾入座，山本也有樣學樣。

老闆源造正在講電話，右耳邊是舊型的折疊式手機。通話對象似乎很不高興，連安倍都聽得見怒吼聲。源造把手機從耳邊拿開，皺起眉頭。

「我也沒辦法呀。」源造小聲繼續說道：「我會派另一個人過去，放心，是個很厲害的人。」

說完，他立刻掛斷電話，轉向安倍他們笑道：「抱歉，讓你們久等了。」

「給我工作。」安倍一如平時地說道。

「你的傷已經好了麼？」

「對。」想起山本前幾天的失誤，安倍有些不快。

「正好有個合適的工作，委託人是我。」源造立刻開始說明工作內容。「我要你們殺掉待會兒來找我的男人。」

出自仲介本人的委託倒是很稀奇。

源造點了點頭，安倍不禁緊張起來。

「是殺手嗎？」

「很厲害嗎？」

安倍詢問，源造笑了。

「放心，雖然是殺手，可是和外行人差不多。」

根據源造所言，目標是個沉迷賭博、負債累累的男人，為了還債才當殺手。他透過從事地下行業的朋友介紹，找上源造。源造委託他一件簡單的工作，沒想到他居然捅了個大婁子。

「那傢伙殺錯人。」

「……殺錯人？」

「委託者要他殺掉『松永一郎』，他卻誤殺了『松永一朗』。」

「哈哈！」山本笑道：「真是個蠢蛋。」

你有資格說別人嗎？安倍很想回上這麼一句。

「我斬釘截鐵地告訴他，不會再介紹工作給他了。」

搞錯目標是這一行的大忌，尤其源造是個傳統的人，對於行規向來一板一眼。

「那是當然。」

「結果那傢伙居然惱羞成怒，威脅我付違約金，不然就要向警察舉發我。」

「那確實該殺掉。」

「是唄？」源造點了點頭。「待會兒那個男人會來和我談判違約金的金額，拜託你們儘快收拾他。」

十幾分鐘後，目標來到拉麵攤上。他穿著印有英文字的藍色T恤和牛仔褲，是個年紀還很輕的男人。安倍將男人的長相與打扮牢牢地烙印在眼底。

男人和源造大吵一架後，起身沿著河邊離去。安倍等人也展開行動，開始跟蹤。他們與目標保持一段距離，尾隨在後。

目標朝著春吉橋方向前進，但是並未過橋，而是走過行人穿越道。號誌當著安倍他們的面轉紅，擋住了去路，目標的背影在車流的另一頭逐漸變小。

號誌變為綠燈時，男人的身影已經消失無蹤。

「糟糕，追丟了。」

這下子可傷腦筋。道路在行人穿越道的另一頭一分為二。

「沒辦法，分頭追吧，一發現他就立刻聯絡我。」

「了解。」

安倍往右轉，朝著中洲二丁目前進；山本則是直走，往四丁目前進，分頭找人。

安倍一面避開拉客的酒店員工一面環顧四周。目標不見蹤影，是進了哪間酒店嗎？不過缺錢的男人應該不會去酒店裡花天酒地才是。就在安倍暗自尋思、四處走動之際，山本打了通電話來。

『我找到那個男人了。』

「真的嗎？」

『他剛從超商裡走出來。』

「好，你繼續跟蹤他，千萬別讓他發現。你現在在哪一帶？」

『從我這裡看得見飯店。』

安倍在腦中攤開地圖，應該是那一帶吧？他心裡有數，折回原路尋找山本。

『安倍前輩。』山本突然改變話題。『什麼是仁和加武士啊？』

「你怎麼突然問起這個？」

『剛才老闆在電話裡不是說仁和加武士怎樣怎樣的嗎？』

「你……」安倍瞪大眼睛。「不知道仁和加武士嗎？他是有名的殺手啊！殺手殺手。」

不過安倍倒是不知道仁和加武士真的存在，而且和自己透過同一個仲介接案。

『哦～』山本喃喃自語，接著笑道：『這麼一提，我們現在也是殺手殺手耶！』

「別說廢話了，好好跟蹤。他沒發現你吧？」

『前輩，你真的很愛操心耶。』

山本的笑聲傳來。他以為是誰造成的？安倍恨得牙癢癢。

『——啊！』山本叫道：『他進了停車場。』

「哪裡的停車場？」

『飯店旁邊的投幣式小型停車場。他好像要上車了，再不快點就被他跑掉了，乾脆殺掉他吧？』山本似乎沉不住氣了。

安倍加快腳步，穿過窄巷、彎過轉角後，飯店映入眼簾。

「我快到了，等我過去。」

山本並未回答。

「山本？」安倍再次呼喚。「山本，怎麼了？」

山本一聲不吭。

黃色的「P」字招牌出現於眼前，上頭註明停車三十分鐘一百圓，而山本就佇立於僅能容納五輛車的狹窄空間裡。

「啊，前輩。」山本轉過頭來，得意洋洋地告知：「我已經解決他了。」

一個身穿藍色T恤的男人倒在山本腳邊，心臟插著一把刀，似乎已經死了。

被血染黑的T恤右胸上有著單點刺繡，大概是某個品牌的標誌。咦？安倍察覺不對勁。剛才他並沒有看到這樣的標誌，目標穿的應該是印著英文字的T恤才對。難道是在半路上換了衣服？不可能。安倍有股不祥的預感，連忙檢視屍體的臉孔。

一看之後，安倍倏然血色全失。

「——這傢伙是誰？」

他和前來源造攤位的男人長得完全不同。安倍連忙搜男人的身，牛仔褲口袋裡有皮夾，駕照上的名字是「飯塚忠文」。那似乎不是假駕照，果然是另一個人。

「不是這個男人啦！」安倍忍不住大叫。

「可、可是……」山本戰戰兢兢地回答：「他穿著藍色T恤啊。」

「T恤的款式根本不一樣！」

糟透了。安倍不禁抱頭苦惱。

山本八成是只認「藍色T恤」就一路追到這裡。在中洲，不知有多少男人身穿藍色T恤，他卻沒有仔細確認，殺了毫不相干的人。

「你真的是個無藥可救的蠢蛋！」

殺意油然而生，安倍恨不得打破搭檔那顆空空如也的腦袋。

四局上

逃離華九會那幫人之後，沒有客人指名林坐檯，林閒得發慌。他大剌剌坐在休息室的沙發上，強自克制呵欠。沒有客人會指名新人女公關凜子，這裡的小姐數量也沒少到需要他填空檔的地步。如果能向附近的員工打聽：「你認識一個叫做飯塚忠文的客人嗎？」至少調查會有點進展，也可以消磨時間，然而，麻煩的是委託人久美子不願讓丈夫知道自己僱用偵探，所以他不能這麼做。現在林能做的只有不時裝作去上廁所，確認久美子的丈夫有沒有來。

由於實在太無聊，他便擅自拿了別人的時尚雜誌來看。

「凜子。」經理來到休息室，對林說道：「妳可以下班了。」

可以下班了？意思是可以回家了嗎？林有些錯愕，看了牆上的時鐘一眼。時間還不到十二點。

「已經可以下班了？」

「今天是平日，客人很少。」

剛才，女公關前輩香織也說過酒店時常有提早下班的情形，經理會讓沒有工作的小姐早點回去，免得多付時薪。除了林以外，還有另外兩個閒著沒事做的女公關也被要求下班。

「還有……」經理一臉抱歉地說：「不好意思，今天大家能不能自己搭計程車回去？」

「咦？」女公關們發出責難之聲。「為什麼～」

「飯塚先生的電話打不通。」

飯塚——聽到這個名字，林隨即意會過來。

林立刻逼近經理追問：「飯塚先生是？」

「我們的司機。」

「飯塚忠文先生？」

「是啊。」經理有點驚訝。「妳怎麼知道？」

「司機？所以他是這家店的員工？」

「嗯，他只負責接送小姐，算是打工的……」

搞什麼，原來是司機啊！

這下子就說得通了。原來久美子的丈夫並不是常來這家店消費，而是在這家店工作，所以才會有那麼多酒店小姐的電話號碼。雖然不甘心，但馬場的看法是正確的。

丈夫的清白獲得證實，事情解決了，林用不著繼續留在這家店，以後應該也不會再來了吧。林立刻收拾起物品，準備回家。為了避免被人看見裸體，林在角落偷偷摸摸地換衣服；換上T恤和短褲後，他小聲說了句「辛苦了」離開休息室。

領完日薪後，林走出酒店，確認手機發現一通未接來電，是源造打來的。

「歡迎光臨。」

一掀開路邊攤「小源」的布簾，頭髮斑白的老人便親切地招呼。

「……你好。」

「哦？怎麼，原來是林呀，我還在想是打哪兒來的美人呢。」由於髮妝與平時不同，雖然是熟人，但源造一時之間竟沒認出來。「怎麼啦？打扮成這樣。」

「外遇調查……找我有什麼事？」

「有件工作很急，不知道你肯不肯接？」

林沒有理由拒絕。「……哎，反正我很閒，可以啊。」

「那你現在立刻去這個地方。」

源造遞給林的紙上用潦草的字跡寫著附近某個飯店的名稱，下頭還註明「五〇一號室　進藤泰邦」，林立即意會過來。

「只要殺掉這個叫進藤的男人就行了吧？」

「等等、等等！」源造臉色大變，連忙抓住林的手臂，用力搖頭。「不能殺！」

榎田離開逗留的網咖，前往約定地點。約定地點是蓋茲大樓旁某條狹窄骯髒巷弄裡的鹽味拉麵店。榎田來到店裡時，男人已經坐在櫃檯座位的底端吃拉麵，榎田也買了餐券，單點一碗拉麵，在男人身旁坐下來。

這個經由客戶介紹認識的男人是東南亞人，姓阮，八成是越南人吧。他的日文相當流利，沒有絲毫腔調，似乎是某個組織的獵人頭專員，負責巡迴全國各地發掘人才。他在仲介附近埋伏等候前來接案的殺手，詢問他們對現在的待遇有無不滿、想不想賺更多錢，若是殺手感興趣，便使出各種手段將其拉進組織。這就是這些獵人頭專員的慣用伎倆。

「我想知道這傢伙的下落。」

阮開口說道，在榎田面前放了張照片。

「啊！」見了照片，榎田忍不住叫出聲來。

照片上是張熟面孔——是齊藤，似乎是偷拍照。

「怎麼了？」

「不，沒什麼。」榎田若無其事地扯開話題。「這個男人是什麼來頭？」

「他叫齊藤，從我們的組織逃跑了，我必須收拾他。」

這麼說來，這個姓阮的男人也是Murder Inc.的員工？

「我要你設法把他找出來。做得到嗎？」

「把我當成什麼人？小事一樁。」齊藤的電話號碼和電子信箱榎田都知道，而且幾乎每個禮拜都會在練習棒球時碰面。「期限呢？」

「沒有期限。我不急，你慢慢來吧。這個工作結束以後，我就得回東京了。我還想多享受中洲的夜晚一陣子，這個城市的食物真是太好吃了。」

說著，阮吃了口拉麵。

——好啦，這下子該怎麼辦？

榎田凝視著照片中的齊藤，無奈地聳了聳肩。

「我沒有叫應召女郎。」

進藤泰邦從頭到腳打量了林一遍，不悅地如此說道。聽說他是福岡知名黑道組織底下某個堂口的幹部，但是看他一臉憔悴，一點幹部的派頭也沒有。

「我說了，我是源造派來的殺手。要我說幾次才行啊？」

「真的？妳真的是殺手？」

有別於商務飯店的樸素客房，進藤投宿的客房相當漂亮，有張大床和坐起來很舒適的沙發，廁所及浴室採用玻璃面板，若不拉上浴簾，從外頭一覽無遺。非但如此，甚至還有露台，可將運河城及中洲夜景盡收眼底，是個十分高級的房間。裝潢採用以黑白雙色為基礎色調的高雅設計，燈光全都是間接照明，橘光朦朧地照亮房裡，醞釀出一股沉穩的氣氛。

然而，進藤始終是一副坐立不安的樣子。他來回踱步，又坐到床上，垂頭嘆氣，用雙手猛抓腦袋。

「……我明明是叫源造派仁和加武士來的，多少錢我都肯付。」

「沒辦法，仁和加武士有別的工作，分不開身。」

「真是糟透了。」進藤的失望之情溢於言表。「源造說要另外派厲害的殺手給我，卻派了這種分不清是男是女又弱不禁風的殺手過來。」

這話可不能聽過就算了。林忿忿不平，虧他特地趕來，這傢伙居然說這種沒禮貌的話，真是越想越火大。「殺手不是靠外表戰鬥的。」

「話是這麼說沒錯……」進藤喃喃說道，用掂斤估兩的眼神打量著林問道：「妳很厲害嗎？」

「還算有點本事。」林冷淡地回答，在桌子上盤腿而坐，切入正題。「別說這些了，快說明委託內容吧。」

源造交代他詳情去問委託者本人。進藤一臉陰鬱，用沉重的語調說道：

「……有殺手要來殺我。」

「怎麼樣的殺手？男的？女的？武器是槍？還是刀子？」

林接二連三地發問，但進藤搖了搖頭。

「不知道。不過，我知道委託人是誰，是北口。」

「北口？」

「北口隆司，和我同一個組織的幹部。組長死了，我們正在爭奪接班人的位子。」

「僱用殺手做掉競爭對手，自己好成為老大……真是個卑鄙小人。」

「不知道為什麼……」進藤的臉孔因為懊惱而扭曲。「我成了那個卑鄙小人。」

「……什麼意思？」

「我們組織的內規是除非有正當理由，否則不能用武力解決問題，這是為了防止組織因為長期內鬥而瓦解。所以我為了和平解決問題，和北口面談過好幾次。」

「既然這樣，北口為什麼想殺你？」

「前一陣子，北口的事務所遭人攻擊，凶手是兩個男人。北口當時不在場，逃過一劫，但有好幾個小弟被殺了。聽說攻擊他們的人問：『北口在哪裡？』」

「是誰幹的？」

「不知道……不過，北口懷疑是我做的。案發後，北口立刻打電話來說『你竟敢這麼做』、『我已經僱了殺手，你做好覺悟吧』。可是，不是我做的，我完全不知情啊。」

事情發生後，進藤便輾轉投宿於各家飯店，過著逃亡生活。收到了殺人預告，想必他的心七上八下，林總算明白他為何如此警戒又坐立不安。

「會不會是擁護你的小弟自作主張？」

「不可能，他們應該知道對北口下手會危害我的立場。」

「那就是那個叫北口的傢伙故意派人攻擊自己的事務所，製造殺你的藉口。」

進藤露出苦澀的表情。「不會吧，居然這麼做……他把小弟當成什麼？」

這個男人的本性想必不壞，所以才會被陷害。這個業界不適合好人打滾，雖然也有例外就是了。

進藤抱頭苦惱。「為什麼會變成這樣……」

林確認委託內容。「總之，我只要收拾來殺你的殺手就行了，對吧？」

「對。」進藤點頭。「我會搭早上的飛機逃去國外，只要撐到那個時候就好。」

「幾點的飛機？」

「八點。」

現在的時間剛過凌晨一點。「看來得打持久戰了。」

林側眼望著進藤。年過五十的流氓像隻被拋棄的狗般滿臉不安，不知是不是因為憂慮，他的雙眼掛著濃濃的黑眼圈。林不禁同情起他。「總之，你先休息一下。你應該沒睡吧？不存點體力，要怎麼逃命？」

「……我睡不著。」

哎，在這種狀況下，誰還能悠哉地睡大頭覺？林面露苦笑。

「那就吃點東西吧。」這麼一提，林才想起自己從中午以後便粒米未進。他打開房裡的冰箱，裡頭只有罐裝啤酒、寶特瓶裝的綠茶和礦泉水，並沒有可以果腹的東西。

「……喂！」進藤突然抬起頭來，望著窗簾彼端的露台方向。「剛才外頭是不是有什麼聲音？」

林歪了歪頭。「沒有啊。」

「剛才窗戶晃了一下。」

「只是風吹吧？」

「替我確認一下。」進藤用帶有淚意的聲音說道。

他變得太過神經質了。就算有人要他的命，遇上強風吹打窗戶就這麼緊張兮兮，就算是林也不由得煩躁起來。「你真愛操心耶。」林啼笑皆非地拉開窗簾。

窗簾「唰」一聲滑開，露出外頭的景色，同時，眼前的玻璃破裂了。

「啥——」

林立即往後跳開，離開窗邊。

一道人影衝進林的視野中。該不會——林瞪大眼睛。

——有人。

有個男人站在露台上，右手拿著金屬球棒，用球棒粗魯地掃除殘留在窗緣上的玻璃。沙！男人踩著散落一地的碎片，入侵房裡。

「噫！」背後的進藤發出慘叫聲，他腿軟地跌坐在地板上。

「閃開。」男人推開了林。

林身子一歪，倒向床鋪。糟糕——林暗叫不妙。由於事出突然，他的大腦停止思考，反應也因為這一瞬間的空隙而慢一拍。腦袋好不容易才跟上狀況：北口僱用的殺手來了，他從隔壁或正上方的房間跳到露台上，並用球棒破窗而入。

「明知道有人要你的命，居然還帶女人進飯店？」殺手緩緩走向進藤。「真是個少根筋的傢伙。」

「救命啊！」進藤大呼小叫，就著跌坐在地的姿勢往後退，然而，他的背部隨即碰到牆壁，無路可逃的他只能縮起身子發抖。

都是你的錯——林怨恨起進藤。都是因為進藤住在這種附露台的高級客房，才會這麼輕易被入侵。林很想挖苦進藤幾句，但首要之務是解決眼前的殺手。說歸說，這回的情況與平時不一樣，他必須一面保護委託人一面殺人。

該怎麼辦？林暗自尋思。帶著一個拖油瓶戰鬥顯然不利，既然如此，方法只剩一個。林挺身衝撞高舉球棒的男人側腹。

男人抵擋不住突然從側面襲來的力量，失去平衡倒了下來。

林趁機指示進藤：「我來拖延時間，你快點逃走。」林抓住進藤的手臂，用力將他拉起來。「你有車嗎？」

進藤抖著下巴回答：「在、在下面的、停車場——」

「快去！」

林大叫，進藤拔足疾奔，慌慌張張地衝出房間。

「怎麼？」殺手爬起來，重新握住球棒。「原來妳是保鑣？」

林在瞬間分析對手。武器只有一根金屬球棒，真是罕見。在這個業界，鈍器不受歡迎，殺手通常偏愛普通又能夠一擊確實解決對手的高致死性或殺傷性武器。如果是健美先生體型的蠻力男倒也罷了，但眼前只是中等身材的小夥子，為何選擇鈍器？莫非他的嗜好是把別人的腦袋或臉孔打到見骨嗎？這個男人真的是殺手嗎？不是林瞧不起他，而是他渾身散發著外行人的氣息，看起來只是個愛逞凶鬥狠的小混混而已。

林拿出預藏的武器，是他愛用的中國製匕首槍。正如名字所示，乍看是把普通的刀子，但小巧的握柄之中裝了子彈，護手部分則是扳機。子彈僅有三發，緊要關頭才能使用。

殺手朝著林揮落球棒，林打了個滾避開。球棒沒有打到林，而是將木桌劈成兩半。接著，殺手又橫揮球棒，這一棒沒什麼大不了的，速度慢，角度也不夠犀利，輕易便能閃開。

「我們隊上的第四棒……」林面露賊笑說：「揮棒速度比你快了兩倍。」

林定睛凝視對手的攻擊，一面閃避一面靠近床鋪。他抓住床單邊緣用力一拉，白布在空中飛舞，裹住了殺手。

「球棒——」用床單封住對手的動作後，林把刀子刺入不斷掙扎的對手喉嚨。「不是用來打人的！」

鮮血噴濺而出，一口氣染紅純白的床單。過一會兒，殺手不再動彈，軟倒在地。

林用涼鞋鞋尖踹了斷氣的殺手幾腳，暗想未免太簡單了吧？這人好弱，根本是拿著球棒的不良少年等級。這樣的人居然自稱同行，林不禁感到羞恥。只要用點腦子想想就知道面臨生命危險的進藤會僱用保鑣，該派個厲害一點的殺手來。沒想到那個叫北口的男人腦筋這麼差。

林扔下殺手的屍體，離開房間追趕進藤。他一面搭上電梯一面打電話。源造已經事先告知進藤的電話號碼。

電話隨即接通了。「你現在在哪裡？」

『……逃生梯。我正要去停車場。』進藤似乎是一路用跑的，上氣不接下氣。

「我立刻過去。」

林按下一樓的按鈕，電梯開始下降。

「到了停車場就上車，把頭壓低躲好。」話剛說完，一股不祥的預感閃過腦海。剛才的殺手知道進藤住在哪間客房，搞不好也知道進藤的車是哪一輛，或許那個殺手留有備案，以防自己失手。雖然他看起來不像是這麼聰明的人，但為了慎重起見，林改口說：「不，還是別上車好了，說不定車子被動了什麼手腳。」

一打開車門就爆炸，將進藤炸得粉身碎骨——林可以想像這樣的結局。

『啊，哦，我知道了。』

「我馬上就到，乖乖等我。」

電梯通過三樓。

『……話說回來，我的行蹤是怎麼曝光的？』

「還有什麼人知道你住在這家飯店？」

『只有幾個小弟。我只對老交情而且信得過的人說過。』

「那就是某個信得過的人說出去的吧。你是不是被出賣了啊？」

『不可能。』進藤斷然說道。的確，他看來像是深受小弟愛戴的人。

「再不然就是被嚴刑拷打，逼問出來的。」

『怎麼會——』

進藤的話語中斷。

隨後……

『噫！』

一道慘叫聲傳來。

「怎麼了？」林有股不祥的預感。

『住、住手，呃，啊——』

「喂，進藤！到底怎麼了！」

電梯抵達一樓，門往左右開啟，林衝出門縫，從小門趕往停車場。

飯店附設的戶外停車場裡停了幾輛車，進藤就站在其中一輛高級黑頭車旁。

然而，他的樣子看起來不太對勁。

「……進藤？」

林呼喚，但是進藤沒有回應。進藤瞪大了眼睛，四肢發抖，心窩一帶長了根散發著銀光的細長物體。

「啊，咕！」

進藤不住地喘息，手機從他的右手上滑落，腳邊的混凝土地上出現一灘積水。濁黑色的水——是血。刀從背部貫穿他的心臟，血就是從傷口滴落的。

進藤的背後有人。

支撐身體的刀被拔出，進藤無力地倒向地面，之後便一動也不動。

進藤背後的男人在日光燈照耀下現出了身影。

是個身穿黑西裝的修長男子。

男人緩緩地轉向林。

面具遮住男人的半張臉，那是眼眉下垂、表情滑稽的博多仁和加面具。

好死不死，偏偏是這個男人出馬。

「……仁和加武士？」

上當了，那個拿金屬棒的雜碎只是誘餌，他才是被拖延時間的一方。林咬緊牙關，舉起武器。

仁和加武士轉動手腕，甩了甩刀，將刀刃上附著的進藤鮮血甩掉後，立刻還刀入鞘。他雖然察覺林的存在，卻毫無戰鬥之意，這樣的態度讓林十分不快。

「我要宰了你！」林拉近距離，舉起刀子。

仁和加武士側身閃過攻擊，態度一派從容，讓林更是恨得牙癢癢。「混蛋！」

就在林猛然往前踏出一步時——

「哦？哇！」

腳活像突然被人抓住，林不禁微微叫出聲。

他把視線移向腳邊，只見右腳的鞋跟卡在水溝蓋的格子狀細縫裡。原來他在不知不覺間踩到水溝蓋。

身體隨之歪斜，林設法保持平衡卻收勢不住，跌了個狗吃屎。他的臉撞上地面，發出滑稽的聲音：「呸！」

「好痛……」林一面呻吟，一面用左手撫摸臉。

「沒事唄？」

仁和加武士——馬場善治終於開口說話了，從容不迫的博多腔從頭頂上落下。馬場把手伸向林。「所以我平時不是一再叮嚀你麼？要好好掌握場地的狀態。」

多看看周圍，把視野放寬，不能只顧著衝鋒陷陣，就像守備失誤時一樣——馬場又開始喋喋不休地說教。

林的戰意全失，喃喃說道：「……囉唆。」

林拍掉馬場伸出的手，自行站起來。他凝視著躺在地上的進藤遺體，感到惆悵不已。不該讓進藤落單的——林有些後悔，在心中道歉：「對不起，沒能保護你。」

「好。」馬場提議：「去吃碗拉麵再回家唄。」

四局下

在Murder Inc.工作時的猿渡並沒有特定武器。以性格而言，他偏好近戰，但若是次次採用近戰，等於是將自己的人格特質昭告天下，因此他每次都會配合工作更換合適的武器，有時是用刀子，有時是用手槍，還有來福槍、飛刀、冰錐，如果是任何人都能輕易取得的物品更好。在無法攜帶凶器入內的場所，他也曾經用毒或空手搏鬥。基本上，比起自己的喜好，猿渡更加尊重客戶的意願。

每次都使用慣用的武器固然有利，但老是用同樣的手法也有個缺點，就是會被知道是同一人所為。再說，公司的研習也教過，精通各種武器是殺手的優勢，這是猿渡少數贊同的意見。

和新田相遇的那一天，猿渡談到了這件事，然而，新田搖頭否定他的看法。

「不不，你該每次都用同樣的武器才對。」

新田的看法和猿渡完全相反。雖然他們從前也常意見不合，但這回著實讓猿渡大吃一驚。

「而且要用罕見又富有衝擊性的武器，這樣別人才會記住你的手法。」

自昨天簽訂顧問契約以來，這是猿渡第二次和新田見面。新田表示有事和他討論，要他前來紺屋町的飛鏢酒吧「淑女・瑪丹娜」。

一走進店裡，便看見那個花俏的女老闆。她把視線轉向猿渡，用拇指指了指店內深處。那兒有一扇堅固的鐵門，門上貼著「非相關人士禁止進入」的紙張，但猿渡毫不客氣地打開門。門後是一道通往地下的樓梯。

酒吧的地下室和一樓格局相同，吧檯前是並排的高腳椅，還有幾個桌位，不同的是原來擺設飛鏢機的位置上放的是三具人體模型，有幾個男人正在用飛刀或裝了滅音器的手槍射擊模型。這裡似乎是殺手專用的樓層。

「猿仔！這邊、這邊！」新田在深處的桌位上揮手。

猿渡在他對面的位子坐下，點了杯飲料。他不愛喝酒，所以點了可樂。新田喝的是櫻桃沉在杯底的精緻雞尾酒。隔壁的座位上，有兩個男人正在交易槍枝。

猿渡的可樂送來後，新田立刻進入正題。

「今天我替你準備了最適合你的武器。」說著，新田從黑色波士頓包中拿出一個長方形盒子放在桌上。

猿渡原本就精通各種武器，無論新田準備的是哪一種，他都有自信能夠運用自如。

然而，他的自信略微動搖了，這樣武器實在太過出乎他的意料。

「啊？」

猿渡茫然凝視著桌上的長方形盒子。那看起來像是把日本刀，但要說是日本刀，刀身似乎太短也太直。長度大概不滿一公尺吧，卻又比腰刀長了些。

「……這是什麼玩意兒？」

「你看不出來嗎？」新田回答：「是忍者刀。」

「啊？」

他剛才說什麼？忍者刀？猿渡不禁懷疑自己的耳朵，打量新田的表情。新田無視滿臉困惑的猿渡，興奮地說道：「很帥吧？」

莫非是忍者刀型的手槍之類的欺敵型武器？猿渡如此暗想，拔刀觀看，但只有閃著銀光的刀刃，那似乎真的是把普通的忍者刀。

「還有別的。」

見到新田從包包中取出，並排放在桌上的東西，猿渡更加吃驚。

「我準備了很多忍者風格的武器，全都是特別訂製的。手裏劍、苦無，還有——」

「你在搞笑嗎？」他是要猿渡從殺手轉行成忍者嗎？

「福岡有以武士為名的殺手，當然也可以有忍者殺手啊。既富衝擊性，又可以讓人記住你。再說，忍者的武器本來就適合暗殺，你不覺得是一石二鳥嗎？」

這個男人到底在想什麼？他是在說笑？還是認真的？猿渡完全看不出來。在猿渡困惑地猛抓腦袋之際——

「哦，對了。」這回新田又拿出一塊黑布遞給猿渡。「記得用這個包住頭部。」

「這是什麼？」

「頭巾啊，忍者不是常戴頭巾嗎？既可以遮住臉，也可以營造忍者的形象。招牌台詞就用『納命來』如何？很帥吧？」

這是在演哪齣時代劇啊？「……你根本是在搞笑吧？」

猿渡好氣又好笑。

「沒有現代化一點的工具嗎？」

「發訊器和竊聽器這類對工作有幫助的東西我都有準備，不過武器只有這些。」

新田似乎相當執著於忍者。

「記得好好練習扔手裏劍，要是扔不中多糗啊。去那邊試扔看看。」新田指著人體模型。「選你喜歡的吧。三方手裏劍、四方手裏劍……六方、八方，連折疊十字手裏劍也有。」

「不要。」憑什麼要他幹這種蠢事？猿渡反抗，但新田十分堅持。

「好啦、好啦，快去吧。」

在新田的催促下，猿渡不情不願地起身，右手拿著四方手裏劍，站到距離模型約有二十公尺遠的位置。

猿渡當殺手也有很長一段時間了，但他從未扔過手裏劍，就連摸都是頭一遭。該怎麼扔？他盯著目標暗自思考。總之，先像射飛鏢那樣，靠著手腕的力量扔扔看吧。只聽見唰一聲，手裏劍刺入酒吧的牆壁。

「你的首局控球力還是一樣爛。」

被昔日的老搭檔調侃，猿渡忍不住咋舌。「……囉唆。」

「要不要從下方扔扔看？」新田建議。「你一直是低肩投手。」

的確，猿渡高中時代是使用低肩投法的投手，敵隊打者總是被離地五公分處投出的球耍得團團轉。說歸說，現在他握著的並不是硬式棒球，而是手裏劍。

猿渡再次拿起四方手裏劍，回憶當年的感覺，做出了投球動作。他的左腳高高抬起，一面放下一面往前跨步，同時身體傾斜、姿勢壓低，右手掠地而過，整條手臂如鞭子般甩動，扔出了手裏劍。

猿渡這一記手裏劍朝著目標筆直邁進，這回射中的不是牆壁，而是模型，但只射中右大腿一帶。

「喔，好耶～」新田拍手叫道：「外角偏低，好球。」

「什麼好球？根本沒射中要害。」

真是蠢斃了。猿渡聳了聳肩。不該跟這小子簽訂契約的，他甚至開始後悔了。「玩這種把戲真的沒問題嗎？」猿渡坦白道出自己的不安與疑惑。

「沒問題，照我的話去做，絕對可以出名。」

新田誇下海口。

想像著自己戴上頭巾，扔出手裏劍與殺手交戰的模樣，猿渡不禁皺起眉頭。根本是個笑話，要成為出名的「滑稽殺手」應該不成問題吧——猿渡滿腔的不滿無處宣洩。

安倍把誤殺的屍體塞進後座，不知如何是好。

把這具屍體扔進博多灣吧，屍體沒被發現就不會成案；即使被發現，只要事先剁掉手指或挖掉眼睛，偽裝成虐殺，應該就會被當成黑道的犯行來處理。

問題在於委託，源造委託他們暗殺的殺手。安倍原本打算尾隨在後，伺機收拾對方，卻因為搭檔的荒謬錯誤而追丟目標。

如今光靠安倍他們，要找出目標可說是難上加難，他們必須仰賴源造協助，請源造謊稱「已經準備好違約金」或「願意再介紹一次工作」，將目標引出來。

安倍對山本如此說明，山本點了點頭，用輕浮的語氣說：「哦，好主意~」聽他的口吻，顯然完全不明白事情的嚴重性，安倍不禁又焦躁起來。

「總之，我去跟老闆商量。」

安倍正要伸手打開車門時，山本制止了他。

「不，我去吧，畢竟是我捅的婁子。」

沒錯，是你捅的婁子，一切都是你的錯，憑什麼要我替你擦屁股？要代替這傢伙去為了追丟目標而道歉，安倍總覺得心有不甘。

「好，你去吧。」安倍冷淡地送走山本。

山本立刻前往源造的拉麵攤。

十幾分鐘後，山本回到車上，表情相當黯淡。

「怎麼樣？」

安倍詢問，山本垂頭喪氣地回答：

「不行。我說我們殺錯人了，老闆很生氣。」

聽了山本所說的話，安倍啞然無語。

「……啊？」

「他說『不會再介紹工作給你們』，還說『以後別再來了』……真傷腦筋。」

「你是白痴啊！」

安倍忍不住揍了山本的腦袋一拳。

「為什麼蠢成這副德行！」

「咦？」

誰叫他這麼多嘴的，明明只要說把目標追丟就夠了啊。

源造格外厭惡傷及無辜，當然會生氣。這傢伙竟然把用不著講的事也講出來。安倍抱住腦袋，靠在方向盤上。

「……為什麼會變成這樣？天啊！」

安倍真想痛罵剛才的自己一頓。為什麼不親自去找源造？為什麼交給山本處理？事到如今，後悔也來不及了。

五局上

馬場把愛車停在春吉橋附近的投幣式停車場下了車，走在攤販林立的路上，林跟隨在後。「小源」字樣映入眼簾，隨著逐漸接近攤位，怒吼聲傳入耳中。

「你這個蠢蛋！」是源造的聲音，聽起來非常激動。

「不，我說了，不是我啦！」還有另一個男人的聲音。「是、是安倍前輩搞錯目標對象的——」

「以後別再來了！」

一個年輕男人衝出拉麵攤，逃之夭夭。

氣氛似乎不太對，發生了什麼事？馬場與林面面相覷，歪頭納悶。

兩人略帶躊躇地掀開布簾，卻見源造一如平時，笑容滿面。「哦，是你們呀？」

馬場往椅子坐下，林也隔著一個空位坐了下來。他們點了兩碗拉麵，源造立刻動手下麵。

「……抱歉，老爺子，我搞砸了。」林開口說道：「進藤被做掉了，就是這傢伙下的手。」

林用拇指指著身旁的男人。即使對手是素有這座城市最強之譽的殺手，無法完成委託仍然讓林懊惱不已。

「別放在心上。」林本來擔心源造會像剛才那樣痛罵自己一頓，沒想到源造相當寬大。「你的失敗還算可愛了。」

「剛才發生啥事？你好像在跟人吵架。」

聽馬場詢問，源造深深嘆了口氣。

「在我這裡接案的殺手雙人組捅出了大婁子。」

「大婁子？」

「他們搞錯對象，殺掉不相干的人。」

「哎呀呀。」

原來如此，剛才源造就是為了這件事情開罵嗎？那個逃之夭夭的年輕人，想必就是捅婁子的元凶。

「來，讓你們久等啦。」源造把拉麵放在兩人面前。

「看起來好好吃。」馬場拿著衛生筷，合掌說道：「我要開動了。」

林也如法炮製地說：「我要開動了。」

林把拉麵放入口中，突然想起一件事。

「——啊，對了，馬場。」

VIP室裡發生的事還是該告訴他比較好。

「華九會好像盯上你了。」

馬場的嘴裡塞滿麵，歪了歪頭。「唔？」

「華九會的會長跑去那間俱樂部，還帶著他的部下和保鑣。」林簡潔地轉述當時的對話內容。「他們說要找厲害的殺手來殺仁和加武士。」

虧林好心告知，馬場卻只是興趣缺缺地「嗯」了一聲。林並不是要他慌張失措，但至少該表現得在乎一點吧。

「你這陣子最好低調一點。」

「怎麼，你擔心我呀？」

「你是白痴嗎？」林嗤之以鼻。「你被盯上，代表我也有生命危險。」

「不要緊、不要緊，用不著擔心。」馬場微微一笑。與剛才的進藤大不相同，雖然知道有人要自己的命，卻是一派從容。

「……厲害的殺手呀？」源造插嘴問道：「有人選麼？」

「他們說要從外地找，還已經找上一個叫G．G的傢伙。」

「G．G？」馬場和源造齊聲反問，兩人的表情都有些驚訝。

「是真的麼？」馬場總算對林所說的話產生興趣。

「嗯。」錯不了，李就是這麼說的。

「G．G不是十年前就引退了麼？」馬場抬頭看著源造問道。

「記得是這樣沒錯。」源造點了點頭。

這兩人都認識G．G，他是這麼有名的殺手嗎？

「喂。」林詢問：「那個叫G．G的傢伙很厲害嗎？」

「當然，大家都說他是歷代最強的殺手。就算是仁和加武士，大概也不是他的對手唄。」

「誰說的？」馬場強力反駁，或許是不願承認有比他更厲害的殺手。

源造以調侃的口吻說：「看來這次你也得認栽啦。」

「隨你去講。」馬場嗤之以鼻，露出不服輸的挑釁表情。「那樣的老頭，來一個我解決一個。」

「老鳥可是很棘手的，不管在哪個世界都一樣。」

對於源造這句話，林也有同感。經驗的差距有時能超越能力的差距，即使對手是早已過了巔峰期的殺手，最好也別輕忽大意。

「別說這個了。」馬場改變話題。「這陣子我要休息，不工作了。」

「啥？」源造瞪大眼睛。「怎麼沒聽你提過？」

「你也知道，『那個』今天就開始啦。」

「……我忘了。」源造這才想起來，恍然大悟地說：「對呀，已經是『那個』的季節。」

林一臉錯愕，只有他一個人不明就裡。「『那個』是什麼？」

「山笠祭呀！山笠祭。」

「山笠祭？」

「你不知道山笠祭？」馬場大吃一驚，他的反應和從前林詢問「犧牲短打是什麼」的時候一模一樣。

「就是博多祇園山笠祭。」回答的是源造。「那是博多的知名祭典，由男丁扛著一種叫做舁山的山車（註3），在博多的大街小巷奔跑。」

根據源造的說法，博多祇園山笠祭是從七百七十年前持續至今的福岡傳統祭典。福岡依照地區分為七個以「流」為名的隊伍，分別是惠比須流、土居流、大黑流、東流、中洲流、西流以及千代流，這七流在祭典的重頭戲「追山」中各自扛著重達一噸的山車，一面發出「嘿咻」的吆喝，一面跑完約五公里長的路線。起點是櫛田神社，終點是須崎町。參加祭典的人個個都得頭纏布條，上身穿短褂，下身只著丁字褲、露出屁股，腳穿分趾鞋。真是個充滿男人味，或說充滿汗臭味的祭典啊——林不禁如此暗想。

「你沒看過麼？每年電視都會實況轉播呀，從早上四點開始。」

「我怎麼可能看過？」這個時間林不是在睡覺，就是在工作，他可沒有專程打開電視觀賞祭典轉播的習慣。

「再說，這有什麼好玩的？」

「你大概不懂唄。」馬場瞇起眼睛。

山笠祭期間是今天——七月一日——至十五日，追山是在最後一天的清晨舉行。

「有些學校和公司甚至會在這段期間放假呢，叫做『山笠假』。」

「什麼跟什麼啊？」

在日本，有些人因為工作過勞而病倒，這裡的人卻為了祭典而蹺班？真是個亂七八糟的城市。

「馬場也會參加山笠祭。每年一到這個季節，他就不工作了。」

「這個時期我想把精神集中在山笠祭上。哎，就和淨身的意思差不多。」

◉註3：神社祭禮時使用的花車。

源造垂下眉毛。「話說回來，這可傷腦筋了。我有好幾件工作希望你接，該怎麼辦呀……」

「就轉手給小林唄。」

「啊？少說蠢話了。」

林咒罵。憑什麼要他幫一個為了祭典而休假的傢伙代班？

聞言，馬場露出賊笑。「是呀，對你來說是太難了點。」

「……什麼？」

「我的工作對你而言，擔子太重了。」

面對馬場的挑釁視線，林皺起眉頭。

「既然你這麼說，我就做給你看！」林高聲說道，隨即又揚起嘴角。「——你以為我會這麼說嗎？我才不上這個當咧。」

如果馬場以為林會中激將法一口答應，那可就大錯特錯。

源造用看著孫子般的表情說道：「你長大啦。」

「……真不可愛。」馬場則是心有不甘地嘟起嘴巴。

五局下

被迫使用忍者刀這種荒誕不經的武器，還被逼著練習扔手裏劍，猿渡覺得自己的殺手生涯似乎越來越脫離常軌。不知道下次又得幹什麼？在他滿懷不安之際，新田對他下達「獵殺殺手」的指令。純殺殺手，與委託無關，沒有酬勞。新田給了猿渡一份在北九州市內活動的殺手名單，要他從裡頭隨便挑兩、三個人殺掉。

因此，猿渡決定全數殺掉。

名單上有十組自由殺手的名字與根據地地址，猿渡花了十天掃蕩名單上的殺手，每個殺手都不是他的對手。

名單最後是個五人殺手團隊。雜碎組隊當殺手，實在太可笑了。猿渡來到灰色的七層樓公寓。公寓位於北九州市小倉北區三萩野的一角，附近有座自行車競賽場。要侵入連電子鎖也沒有的廉價公寓出奇簡單，猿渡輕輕鬆鬆抵達目標樓層。他們的根據地是這棟公寓的五〇六號室，位於角落。來到五樓，猿渡出了電梯。雖然新田交代他像忍者那樣用頭巾裹住頭，但這樣實在太難看，因此他只蒙住鼻子以下的部分，並戴上連帽上衣的帽子遮臉。上衣內外側都有許多口袋，裝滿手裏劍及苦無等武器。如果現代有忍者，大概就是這副德行吧？猿渡不禁想嘲笑自己的滑稽模樣。

猿渡在公司的研習中學過撬鎖方法，輕易地打開五〇六號室的門。他迅速入內，安靜地關上門。屋內的格局如同他透過租屋雜誌所確認的一般，一房一廳、浴廁分離。淋浴的聲音傳來，似乎有人正在入浴。猿渡首先前往浴室，毛玻璃上映出男人的身影。猿渡悄然無聲地打開門，男人正在洗頭髮，完全沒有察覺到猿渡。男人垂著頭沖洗泡沫，猿渡繞到他背後，拿起忍者刀從男人的後頸髮際線刺入喉嚨，又立即退開關上門，以免鮮血濺到身上。男人的慘叫聲被洶湧的水聲掩蓋，他在完全不知道發生什麼事、被什麼人襲擊的狀態下斷了氣。

解決一個。

正當猿渡打算收拾下一個人時，有人打電話來，是新田。猿渡按下通話鍵，把手機放到耳邊。

「幹嘛？」

『如何？獵殺殺手還順利嗎？』

現在正在進行。「你再等等，還剩四個人就全部解決了。」

『全部？你該不會——』

其他人似乎都在客廳，一打開走廊盡頭的門就會和他們碰面。逐一引出目標殺掉這種兜圈子的做法不合猿渡的性子，因此他用力踹開了門。

正在看電視休閒的幾個男人一同回過頭來。客廳裡有三人，兩人坐在沙發上，一人躺在地板上；最後一個人在陽台，邊抽菸邊講電話。

「啥——」

見到突然現身的猿渡，男人們啞然無語。

其中一人回過神來，大叫：「你是誰！」

當他慌忙從懷中掏槍時，已經太遲了。猿渡砍斷男人的右手，咕咚一聲，握著槍的手腕滾落地板。看見切口噴出的鮮血，男人臉色發青，大聲哀號。這種廉價公寓的牆壁本來就很薄，真希望他能夠安靜點，要是被鄰居聽到怎麼辦？

「嗚啊啊啊，啊，呃——」

猿渡用右手把刀插入男人胸口，給予致命一擊。男人的哀號聲停止了。

猿度的左手依然拿著手機，放在耳邊。

『猿仔，你該不會……』新田充滿驚訝之情的聲音傳入耳中。『把那份名單上的殺手全殺掉了吧？』

這下子兩人死了。「還有三個人。」

「嗚哇啊啊！別過來！」

客廳裡的男人全都軟了腿，連滾帶爬地逃走。猿渡望著他們窩囊的背影，從背後分別刺穿他們的心臟。

『你這麼做，小倉的殺手會絕跡的！』

「這樣忒好哪，變得和平多了。」猿渡打趣道。

好，現在只剩一個人。

猿渡把視線轉向陽台，只見窗戶是開著的，男人已經消失無蹤。他逃走了嗎？猿渡啐了一聲，同時，玄關傳來聲音，捨棄同夥逃走的男人映入眼簾。

「啊，喂！給我站住！」

猿渡追趕著男人衝出屋子。

「噫、噫！」

男人奔向電梯，猿渡朝著他的背部扔出手裏劍。一枚、兩枚、三枚，用迅速動作接連扔出的手裏劍全都射中公寓的牆壁，連目標的邊都沒有碰著。男人趁機搭上電梯，逃之夭夭。

「……啊，混蛋，沒射中。」猿渡喃喃說道。

『怎麼回事？』新田的聲音響起，手機仍在通話中。

「有一個沒殺掉。」

『沒關係，放他逃走吧，這樣比較方便。』

「方便？」

『有目擊者，風聲傳得比較快。』新田開心地說：『話說回來，你的動作真夠快的，不愧是Murder Inc. 東京總部的前任王牌殺手，在北九州也同樣了得。』

「沒什麼。」猿渡冷淡地回答：「對手忒弱。」

『的確，五個臭皮匠，還是勝不過一個諸葛亮。』

「……所以咧？獵殺殺手要持續到什麼時候？」

老實說，猿渡已經厭煩了。對手雖然是殺手，卻盡是些沒骨氣的傢伙，這樣和在公司上班時做的事根本沒兩樣，只是欺負弱小而已。

『像這樣腳踏實地宣傳是很重要的……哎，差不多該有組織注意到你了吧？』

新田意味深長地說道。

「你們捅了妻子對吧？我聽源造先生說的。」

在彩券賣場工作的微胖中年女人笑道。別看她這副模樣，她可是個不折不扣的仲介，在銷售裝滿夢想的紙片之餘介紹工作給殺手。

然而，她不肯介紹工作給安倍。

「會搞錯目標的糊塗蟲，我也不敢用，你去其他地方碰運氣吧。」

那個叫源造的仲介在這一帶似乎頗有權勢，山本的失誤轉眼間便傳遍福岡的所有仲介，每個人都對他們敬而遠之。他們跑遍了福岡市內，卻沒有半個仲介肯介紹工作。

被最後的堡壘排拒在外，安倍只能垂頭喪氣地回到車上。停在運河城附近停車場裡的白色旅行車前後方依然留有凹痕與刮痕，是山本肇事留下的痕跡，而肇事者就在副駕駛座上悠悠哉哉地打瞌睡。車上生活展開已久，最近每回到車上，安倍就感到鬱悶不已，宛若拿著刺過人的刀四處遊蕩般不自在。他應該儘快修理這輛車，或是向專賣贓車的車商買輛新車，但他沒有錢，因為沒有工作。他恨不得一把火燒了這輛車和搭檔，把他們一併處理掉。

安倍打開車門，坐進駕駛座，山本醒來了。「……啊，怎麼樣？接到工作了嗎？」他睡眼惺忪地問。

「沒有。」安倍回答，側眼瞪著山本。真是個不識相的男人，別人這樣四處低頭拜託，他居然還有心情流著口水睡大頭覺。

山本喃喃說了句「這樣啊」，又像平時一樣叼起塞了違法藥草的香菸。明明一再要他戒掉，他卻老是當作耳邊風。

安倍已經到達忍耐的極限。

「……山本。」終於到了說出這句話的時刻。「我不會再和你一起工作。」

山本發出錯愕的聲音：「啊？」

「我要和你拆夥。」

「怎、怎麼這樣？」饒是山本，這下子也變了臉色，用可憐兮兮的聲音懇求：「別拋棄我嘛！」

「和你在一起準沒好事。」

老實說，山本只會礙手礙腳，早知如此，不如別找搭檔，自己一個人工作就好。自從認識這個男人以來，安倍便後悔不斷。安倍是個很有耐性的人，能夠忍到現在，他已經很佩服自己了。

「沒有前輩，我撐不下去。」山本半是哭泣地說道。

那又怎麼樣？安倍一笑置之。

山本沉默下來。過了片刻，他開口說道：

「……你敢跟我拆夥，我就去報警。」

「啊？」

「我要告訴警察前輩是殺手。」山本兩眼發直。安倍沒料到他會祭出威脅。

「要是這麼做，你也脫不了罪。」

「我知道。」

就算山本的腦筋再怎麼差，也不至於幹這種蠢事。不過，依照這個蠢蛋的個性，若是刺激他，或許真會做出什麼荒唐事。凡事總有萬一。

事情似乎變得更加麻煩了。安倍大大嘆一口氣，結束這個話題。他和山本的關係又得藕斷絲連地持續下去嗎？

安倍感到焦躁不已，空腹或許也是原因之一吧，肚子的叫聲響徹安靜的車內。最近他根本沒有好好吃過飯，他打算去買點食物來。

「混蛋。」查看皮夾後，安倍忍不住咒罵。他沒有錢。「這樣連飯也買不起。」

見狀，山本開口說道：「我去買。」

聞言，安倍歪頭納悶。這個男人應該也是身無分文，莫非他偷藏私房錢？

「等我一下。」

山本留下這句話之後，便去買飯了。

六局上

馬場宣告不工作後，就真的完全不工作了。山笠祭期間，馬場不但不殺人，連偵探事務所的工作都置之不理。有時候他一大早就出門，有時候睡了一整個上午，有時候下午或傍晚出門，喝到爛醉如泥才回家。他總是穿著近乎全裸的丁字褲加短褂精神抖擻地出門，也不知道究竟去哪裡、做了什麼事。據源造所言，這個時期的山笠祭參加者都忙於追山修行或相關活動。不過是個祭典，居然如此投入，讓林大為傻眼。

這一天亦然，林起床時，馬場已經出門了，只留下隨手亂扔的睡衣。到了晚上，馬場依然沒有回來。就在林打開電視觀看晚間新聞時，事務所有客人上門。

是飯塚久美子。

外遇調查的結果報告應該是十四日，距離期限還有一段日子，她來做什麼？馬場不在，林只能自行應付。雖然覺得麻煩，林還是請久美子入內坐下。

林把冷泡麥茶倒進訪客用的杯子遞給久美子後，久美子便說出來意。

「我先生沒有回家。」

「……啊？」

「上個月底，他說要出差，出門之後就再也沒有回家了。公司那邊好像也是一直曠職……公司的人說，根本沒有安排我先生出差。」久美子恨恨地說道：「……一定是那個女人唆使的。」

「那個女人？」

「照片上的女人，我先生一定是和那個女人私奔了。」久美子的表情充滿殺意。

丈夫失蹤，不是應該先擔心他是不是出事了嗎？她卻在毫無根據的狀況下，劈頭就懷疑丈夫外遇，真是個狠心的老婆。

「話說在前頭。」林覺得忠文很可憐，便代他澄清。「妳的老公沒有外遇。他不是那家店的客人，是在那裡打工當司機。」

久美子皺起眉頭。「……打工？」

「他的工作是送店裡的小姐回家，那張照片就是拍到他在工作的情景。」

久美子歪頭納悶，表情宛若在說「他沒事幹嘛去打工」，讓林更加同情忠文。不就是因為妳不給他零用錢花嗎？太可憐了——林真想大聲說出來。

「就算是打工，也不代表他沒有外遇。」久美子反駁。

——的確。

她說得有理。透過打工結識年輕女孩，因此墜入愛河，說來也不無可能。林一心認定忠文是清白的，便早早結束調查。

久美子始終懷疑丈夫外遇，是妻子的直覺？又或是天性多疑？真是個麻煩的女人。

「總之，請你把我先生找出來。」

「乾脆報警協尋吧？」

「我早就報警了。你知道每天有多少人失蹤嗎？警察怎麼可能專程幫我找。」

林看她高高在上的態度不順眼，原本打算拒絕，卻不能自作主張。所長交代過，無論什麼工作都要接。

「這樣要收追加費用喔。」

「盡量算便宜一點。」

林表示查出眉目後會再聯絡，便把久美子打發回去。這下子無謂的工作又增加了。現在又是只剩自己一人的事務所裡，林打了通電話給某個人。

遇上難題的時候，找情報販子就對了。

榎田現在似乎在運河城附近，因此他們約在美食街的套餐店見面。

「真難得，你居然會聯絡我。」林抵達店裡時，榎田已經在此等候，他一面喝烏龍茶一面詢問：「馬場大哥呢？」

「在放山笠假。」林在榎田的對面坐下，如此回答。

「啊，對喔，已經是這個季節了。」

榎田吃的是生薑燒肉套餐，林也點了同樣的餐點，喃喃說道：「不過是個祭典，幹嘛這麼認真？」

「沒辦法，馬場大哥是典型的『熱血男兒』啊。」

「熱血男兒？」

「遇上祭典或比賽，鬥志就會特別旺盛的人。」

林恍然大悟。的確，棒球比賽時，馬場也特別囉唆。

「說到馬場大哥……」榎田改變話題，用樂不可支的口吻說道：「聽源伯說他被華九會盯上啦？」

「可是他滿腦子都是祭典的事，每天喝得醉醺醺的……那傢伙太缺乏危機意識了。」

「很像馬場大哥啊，總是我行我素。」

我才懶得管馬場的死活咧——雖然林很想劃清界線，但他無法這麼做。

林想起去年十一月與馬場相識時的事。當時，林仍是華九會的殺手，因為妹妹被殺，他打算向組織報仇，卻誤中陷阱陷入困境，最後是馬場救了林。

林覺得自己有責任。仁和加武士之所以被華九會盯上，追本溯源，都是自己造成的，所以他不能袖手旁觀。

「我必須想個辦法。」

林絕不會讓馬場被殺，這是基本的道義。再說，林也有自尊心，不能老是欠著這筆人情債不還。無論是什麼樣的刺客找上門來，林都會收拾對方，不過收拾了一個又有下一個，根本沒完沒了。聘僱來的殺手對組織而言不過是手腳，要想擺脫這種連鎖，唯有除掉頭頭一途。

「……欸，蘑菇頭。」林一本正經地詢問：「你覺得我殺得了王龍芳嗎？」

現在的自己敵得過華九會嗎？林想聽聽情報販子的客觀意見。

「很難吧？」榎田據實以告：「王的防護有多麼嚴密，原本是同一陣營的你應該很清楚。」

基本上，王龍芳無論前往何處都會帶著許多保鑣，這些人原本都是殺手，個個本領高強；唯一沒人跟著的時候，是王龍芳與情婦在飯店幽會時。饒是保鑣，也不至於不識相地跟進寢室裡。

王龍芳同時養了好幾個情婦，是個好色到病態程度的男人。只要利用這個弱點——

林突然想起那家店的女公關，花名「百合」的女人。聽說王很迷戀她，莫非王喜歡的就是那種類型的女人？林在ＶＩＰ室裡偷瞄過百合幾眼，她的確是個美女，擁有一頭秀髮，連指尖都保養有加，臉上化的是淡妝，塗了米色口紅的厚唇看起來十分性感。就林所見，她的年紀並不是很年輕，大概快三十了吧，所以才能這樣落落大方，而且氣質出眾。她確實是個足以成為頭號紅牌的美女。

不過論外貌，林應該不輸她。聽說王到處招惹店裡的小姐，若是林採取主動，他應該會輕易上鉤吧？事實上，王當時對林也頗感興趣。

聽了林這番話——

「啊，這招行不通啦。」

榎田一口否決。

林忿忿不平地問：「為什麼？」

「王的情婦和他在飯店獨處前，必須先通過安檢。她們會在手下面前被脫個精光且摸遍全身，仔仔細細地檢查身上有沒有偷藏武器。」

「這麼誇張……未免太嚴密了吧？」

「搞得這麼誇張是有理由的。聽說之前有個女殺手打著和你一樣的算盤想殺了王龍芳。她主動色誘王，和王約好單獨幽會，卻在飯店安檢的時候被發現裙子裡藏了一把刀子。」

「……然後呢？」林催促榎田說下去。「她怎麼了？」

「她被手下輪姦，還被挖出器官，剩下的部分拿去餵豬了。」

林渾身發毛。他不知道這個故事的真實性有多少，但主角是華九會的頭目，就算全部屬實也不足為奇。

「換作是你，被脫光的那一刻就出局了，立刻拿去餵豬。」榎田夾了一片生薑燒肉放入口中，一面咀嚼一面笑道：「或許吃了你後長得白白胖胖的豬，會像這樣被我大快朵頤呢。」

林忍不住想像，覺得渾身不舒服。

「王龍芳對男人有沒有興趣？」

「沒有。他對女人確實是毫無節制，不過他的好球帶沒那麼寬，所以盯上王的殺手大多是女人，因為比較容易接近他。」

榎田聳了聳肩。

「哎，即使他對男人有興趣，還是很困難啦。就算你運氣好有機會和他獨處，也占不了上風吧？王從前也是個厲害的殺手，現在體格依然很健壯，光靠你的力氣要赤手空拳殺死他，應該辦不到吧。」

「我可以利用飯店客房裡的物品殺他。」

「可以充當凶器的東西，早就被他的手下事先收走了。刮鬍刀、吹風機，就連電視的電線也一樣。」

「如果把武器藏在身體某個找不到的地方，也許行得通？」

「身上的任何孔洞都會被檢查耶。」

這麼徹底？林瞪大了眼睛。

「假如你是可以任意吞吐刀子的街頭藝人就好辦啦。」

看來真如榎田所言，要暗殺王龍芳相當困難，現在只能做好準備，迎擊華九會派來的刺客。

「不光是馬場大哥，你最好也小心一點。」榎田突然給予忠告。「聽說最近流行獵殺殺手。」

「獵殺殺手？」

「對，好像有個剛來北九州的殺手到處獵殺和他一樣的自由殺手，跟委託無關。」

沒錢可拿卻殺人？林無法理解。「幹嘛大費周章這麼做？」

「誰曉得？或許是為了減少競爭對手，又或許是為了提升自己的知名度……也有可能只是個熱愛殺人的神經病。」

「那個殺手是什麼來頭？」

「有些人叫他『潛水艇忍者』，聽說是因為他用低肩投法扔手裏劍，所以才被取了這個綽號（註4）。」

「真是個搞笑殺手。」說完，林才想起身邊有個更搞笑的殺手。

吃完套餐後，榎田進入正題。「對了，你找我有什麼事？」

林險些把原本的目的忘得一乾二淨。他拿出一張照片遞給榎田。「幫我找出這個男人的下落。他的名字叫做飯塚忠文，是一般人。」

陳列商品，打掃，態度殷勤地打招呼：「歡迎光臨。」結帳，收錢，找零，給收據，低頭致謝：「謝謝光臨。」

這是隨處可見的平凡光景，但是對於齊藤而言，每個瞬間都無可取代。齊藤想過的是普通、平凡、安穩的日子，超商店員正是他追求的工作。

齊藤的打工地點位於中洲的運河城附近，是以藍、白、綠設計為標誌的店鋪。他的排班時間是晚上十點到隔天早上五點，時薪九百圓，比從前的工作收入少了三分之二以上，但是考量犯法的風險，如今的工作可說是好上許多。

深夜的超商客人很少，齊藤閒來無事便會陷入沉思。他默默地陳列商品，想起去年的事。當時他還是殺人承包公司 Murder Inc. 的員工，被分發到東京總部，在頭一個任務中失手後被調到福岡，之後便風波連連，讓他再也顧不得工作。被復仇專家抓住，險些被嚴刑拷打，又莫名其妙地被當作強姦殺人犯通緝。現在能夠像這樣過著平凡無奇的生活，只能說是奇蹟。

通知有客人上門的旋律響徹店內。齊藤停下手邊的工作，前往收銀台。「歡迎光臨！」

齊藤立刻察覺客人的樣子不對勁。走進店裡的客人穿著工作服，從體格勉強可看出是個男人，然而，他戴著頭套遮住了臉。

顯然是搶匪。

男人拿出刀子，用刀尖指著齊藤。

「把錢交出來！」

◉註4：低肩投法又稱為潛水艇投法。

果然是搶匪。

他在齊藤的眼前放了個黑色袋子。「把收銀機裡的錢全部裝進去！」

「是、是！」齊藤的肩膀猛然一震，立即回答。

齊藤覺得乖乖聽命的自己很窩囊，然而比起店裡的錢，自己的生命更重要。齊藤打開收銀機，把現金裝進袋子裡。

在這段期間，搶匪手拿著購物籃，在店裡四處徘徊。那個搶匪是怎麼搞的？齊藤瞪大了眼睛。他打算購物嗎？

片刻過後，搶匪提著裝了飯糰及寶特瓶裝飲料的籃子來到收銀台說：「這些也一起裝進去。」不但搶錢，連店裡的商品也要搶？這個搶匪臉皮真厚。

就在齊藤將商品裝袋時，旋律又響起，一名客人走進店裡。這回同樣是個男人，他身穿黑西裝，領帶繫得牢牢的，戴著運動選手常戴的那種設計簡約洗鍊的墨鏡。現在是七月中旬，男人卻仍穿著風衣。齊藤認得這個客人，他是常客，總是只買杯咖啡就走。他的服裝相當獨特，給齊藤留下深刻的印象。

這個客人見到搶匪依舊面不改色。豈止如此，他甚至毫不遲疑地走向收銀台。

「借過。」身穿風衣的常客，以性格的低沉嗓音對搶匪說道。

「啊？你說什麼？」搶匪威嚇。

常客無視他，對齊藤說道：「請給我一包菸，四十八號的。」

「別擋路！閃邊去！」

搶匪對著常客揮動刀子。

「你才……」客人反過來抓住搶匪的手臂。「擋到我買東西了。」

常客順勢扭住搶匪的手臂，搶匪頓時發出窩囊的哀號聲：「痛痛痛死啦！」他的手掌張開，刀子掉到地上，常客把刀子一腳踢向店內深處。

手無寸鐵的搶匪咒罵一句：「混蛋！」粗魯地抓起飯糰與千圓鈔票衝出店門，夾著尾巴逃之夭夭。

「啊，別跑！」

情急之下，齊藤抓起放在收銀機旁的防盜漆球追了上去。

搶匪跑在二十公尺前方，齊藤朝著他的背部高高舉起手來，扔出漆球。那是使盡渾身之力的直球。漆球命中搶匪後應聲破裂，塗料飛散，將工作服染成橘色。搶匪就這麼消失於狹窄的巷弄中。

「……啊，呃……」齊藤回到店裡，向身穿風衣的男人低頭致謝。「謝謝您的幫忙。」

「不，區區小事，不足掛齒。」

「請問貴姓？」

「小人物一個，不值得報上姓名。」男人回答：「……我本來是想這麼說的……」

他的視線投注在齊藤的胸口。齊藤的左胸別著名牌，上頭寫有「齊藤」二字。

「我知道你的名字，你卻不知道我的名字，似乎不太公平。」

「哦、哦……」是這樣嗎？

「我叫做權東。」男人報上姓名。「喬治·權東。」

真稀奇的名字，是混血兒嗎？齊藤在心中納悶。

「權東先生，真的很謝謝您。請讓我表達一點心意——」

「不，不用了。」權東對著齊藤舉起手掌。

齊藤從冷藏櫃中拿出權東平時常買的咖啡，連著指定的香菸一併遞給他。「請用，我請客。」

權東接受了齊藤的好意。「那我就不客氣。」

權東把罐裝咖啡放入口袋，翻動風衣衣襬，英姿颯爽地離去。齊藤望著權東的背影片刻後，才猛然回過神來。對了，他遇上搶匪，必須報警才行。

六局下

不知何故，自告奮勇去買飯的山本在兩小時後垂頭喪氣地回到車上。

「你跑去哪裡？」

「去附近的超商領錢……」山本把皺巴巴的千圓鈔票和昆布口味的飯糰遞給安倍。

「這個給你，請用。」

山本的衣服從背部到屁股一帶都染成橘色。

「去超商領錢，為什麼衣服會髒成那樣？」

「不，呃……」山本支吾其詞。

安倍再度追問。「你是從哪裡領來的錢？」

「……收銀機。」

安倍抱住腦袋。「你為什麼蠢成這副德行啊？」

「因為我們需要錢嘛……」

這麼一提，安倍才想起這個男人本來就是個超商搶匪。「你的臉沒被看見吧？」

「……應該沒有。」

山本的說詞如下。他監視超商，趁店員落單時動手搶劫，用刀子威脅店員把錢裝進袋子裡，順便連食物、飲料也一併裝袋，誰知這時候來了一個身穿風衣的怪男人搶走山本的刀子，山本見苗頭不對，抓起千圓鈔票和飯糰拔腿就跑。他逃到離超商約二十公尺處，原本以為已經安全了，卻被那個控球精準到可怕地步的店員用漆球砸中背部。

哪些是事實，哪些是山本的誇飾？又或者是藥物造成的幻覺？安倍不明白。沒想到山本居然做出這麼荒唐的事。臨時起意搶超商，戰利品卻只有飯糰和日幣一千圓，根本得不償失。

安倍心知對這個男人說再多都是白費唇舌，便閉上嘴巴，吃著搶來的飯糰，攤開了報紙。

「你在看什麼？」山本從旁窺探。

「你已經蠢到看不出來的地步了嗎？報紙，報紙！刊登社會案件或事故新聞的紙。」

「哎喲，我知道啦。」山本嘟起嘴巴。「最近前輩常看報紙，我還以為有刊什麼好看的四格漫畫咧。」

打從把山本誤殺的男人扔進海裡的那一天起，安倍每天都會看報紙，確認男人的屍體有沒有被發現。

「啊！」從旁窺探報紙的山本指著某個報導。「這個……」

山本感興趣的是某則關於冒名詐欺的小報導。

那個案子的犯人冒充某個男性偶像團體的成員，寄信給歌迷謊稱「只要收到相當的謝禮，就會回贈舊內褲」，騙走了大量現金。最後，犯人被逮捕了，歌迷花了好幾萬圓才拿到的內褲，其實是個五十好幾又其貌不揚的無業男子的內褲。安倍驚訝不已，居然會有人上這種詐欺的當？這個世上都是白痴嗎？有這麼想要內褲嗎？

山本的雙眼亮了起來。「我想到一個好主意！」

「好主意？」聽到山本說出「好主意」三字，安倍實在高興不起來。

「我們也來冒充吧！」

「啊？」

「我們冒充有名的殺手上網徵求工作，比如那個『仁和加武士』，怎麼樣？一定會有很多工作上門的。」

在地下網站徵求工作的人很多，一天有幾十則留言，確實，只要端出大名鼎鼎的「仁和加武士」名號，一定會有客戶上鉤。既然連無業中年男人都能成為偶像，或許他們也能冒充仁和加武士。然而，即使委託真的上門，依然有個問題存在。

「會找上仁和加武士的工作，你以為我們做得來嗎？」

「所以啦，我們不工作，收了訂金以後就落跑。」

「這是詐欺啊。」

「對啊，訂金詐欺。」

「這可是不折不扣的犯罪！」說完，安倍才察覺自己這句話有多麼詭異。殺人可以，詐欺就不行嗎？

「別說了、別說了，交給我吧。」山本拿出智慧型手機，連上那個網站。

接著，他在工作徵求板輸入以下文字。

願效殺人之勞，

一回五十萬圓也。

仁和加武士

「……你幹嘛用這種怪裡怪氣的詞句？」

「不覺得很有武士味嗎？」

首先，用免費電子信箱和看到留言後主動聯絡的人接洽，約定直接見面的時間，並要求對方在見面時支付訂金；收到錢以後，就把信箱刪除，消失無蹤——這就是山本的計畫。

安倍並不認為這種計畫管用，誰知道幾分鐘後，居然真的有人對山本冒充仁和加武士的留言感興趣，並主動聯絡他們。

「你要不要接受華九會的試用？」

新田是在昨晚這麼對猿渡說的。持續獵殺殺手後，似乎有組織對猿渡產生興趣，那就是跨國黑道集團華九會。

和華九會的會面時間是今天晚上十點半，地點是中洲某家叫做Eve的俱樂部。猿渡從JR小倉站搭乘往荒木的鹿兒島本線準快速列車到博多，再搭乘計程車前往中洲。

抵達俱樂部後，猿渡立刻被帶往裡間。裡間似乎是VIP專用的包廂，沙發和桌子都是高檔貨。

包廂裡已經有兩個男人在場，一個是留著雷鬼頭的年輕男人，坐在沙發上喝著事先備好的威士忌。他打扮得活像牛仔，脖子上掛著帽簷彎曲的帽子，腰間繫著槍帶，左右各插著一把左輪手槍。另一個則是在夏天穿著風衣的中年男子，站在包廂深處一動也不動，臉上戴著墨鏡。

這裡是奇葩怪咖的聚集地嗎？猿渡不禁如此暗想。這些男人八成和猿渡一樣，都是華九會召集的殺手。

猿渡倚著包廂入口附近的牆壁坐下來。

「……好無聊啊。」

牛仔打扮的男人突然開口。

「我們來自我介紹，消磨一下時間吧。」男人提議，並報上名字。「我的名字叫做牧下陸。你們應該聽過吧？『雙槍瑞奇』。」

——完全沒聽過。

他真的很有名嗎？看起來沒什麼大不了的，猿渡嗤之以鼻。

「你呢？」

瑞奇詢問猿渡。猿渡充耳不聞，仍舊保持沉默。瑞奇喃喃說道：

「真是個無趣的男人。」

有哪個白痴會輕易洩漏自己的情報？猿渡完全不予理會，這時，另一個男人開口了。

「我知道你的名字，你卻不知道我的名字，似乎不太公平。」風衣男子也報上名字。「我叫喬治．權東，大家常叫我G．G。」

「什麼？」瑞奇聞言，大吃一驚地瞪大眼睛。「你是G．G？」

他猛然起身，走向男人。

「真的假的，那個傳說中的G．G？真的是G．G？哇，我第一次見到你！我還以為G．G是個老頭子，沒想到這麼年輕！啊，可以握手嗎？」

——這個男人在興奮什麼啊？

「G．G？」猿渡喃喃說道，歪頭納悶。他沒聽過這個名字。

見狀，瑞奇瞪大了眼睛。

「你不知道？G．G超級有名的耶！福岡歷代最強的殺手！殺手界的活化石！」

他走向猿渡，望著猿渡的臉。

「你居然不知道G．G，真的是同行嗎？啊，莫非是菜鳥？」

那是種嘲弄的口吻。這傢伙真惹人厭——猿渡如此暗想時，已經晚了一步。

「囉唆！」猿渡的右拳早已嵌進對手的臉孔。

「噗！」

臉孔突然被毆，瑞奇發出窩囊的聲音，隨即往後倒下，一動也不動。他似乎昏倒了。

此時，包廂的門打開，出現一個身穿西裝的男人。那是個戴著眼鏡的削瘦男子。

「讓各位久等了。」他低頭致意。

見到倒地的瑞奇，男人問：「這位先生怎麼了？」

「是咱幹的。」猿渡老實回答：「咱揍了他一拳，他就躺平了。」

「把他扔到外面去。」男人命令站在走廊上的手下。「我不需要被揍一拳就昏倒的殺手。」

把瑞奇搬出去之後——

「這麼晚才自我介紹，請見諒。敝姓李，是華九會會長的特助。」

男人報上名字。

他立刻開始說明委託內容。

「這次請三位——不，兩位前來，是為了請你們殺掉某個殺手。」

「某個殺手？」

「仁和加武士，素有博多最強之譽的殺手殺手。」

李繼續說道：

「訂金是一億，還會另外支付酬勞給率先達成任務的人。殺死仁和加武士的話是兩億，活捉的話是五億。如果兩位有意願，還可以和華九會簽訂專屬契約。」

光是訂金就有一億，可說是破格的條件。

「與其付兩人份的訂金……」猿渡插嘴說道：「倒不如先讓咱和這傢伙一對一廝殺，再委託贏的那個人比較好吧？這麼做可以節省訂金。」

這是表面話，其實猿渡只是想和這個叫Ｇ．Ｇ的男人打一場而已。

李搖了搖頭。「我們追求的不是武力高強的殺手，而是辦事能力強的殺手。」

接著，李命令手下在猿渡和Ｇ．Ｇ的右腳裝上腳環。這種腳環和外國某些出獄的罪犯戴的腳環很相似，八成內建ＧＰＳ功能。

「要是兩位拿了訂金就遠走高飛，我可就傷腦筋。只要達成委託，我馬上會解開腳環，請放心。」

最後，他又說道：

「不計期限，花多少時間都沒問題，只要能完成工作就好。」

留下這句話後他便離去了，看來話題似乎已結束。

猿渡離開了「Club.Eve」，在豚骨拉麵攤填飽肚皮後，便前往博多站，搭乘往門司港的普通電車。他倚著車門站立，不知不覺間竟然睡著了。

途中，電車發出喀噹一聲大大地搖晃，身體跟著劇烈晃動的猿渡猛然睜開眼睛。他不知道自己有沒有坐過站，連忙確認現在所在的地點。電車駛離了千早站，正要在香椎站停車，距離小倉還有一個多小時的車程。他閉上眼睛打算再睡一覺，卻又想起李的話，再也睡不著了。

仁和加武士，福岡知名的「殺手殺手」。

不知道他有多少本事？猿渡遙想著尚未謀面的強敵。他完全沒有恐懼心，只有無盡的期待，只想早一刻與對方一戰。

訂金詐欺計畫終於要付諸實行。

一小時後，外出的山本回到車上。

「你跑去哪裡？」

「我去偷這個。」

看見山本從袋子裡拿出的物品，安倍大吃一驚。「這是什麼？」

「『武士扮裝套組』。」山本得意洋洋地回答：「我去唐吉軻德店裡摸來的。」那是宴會餘興節目中時常使用的扮裝道具，包含成套的丁髻假髮、肩衣袴、和服還有玩具日本刀。

難道他打算用這些東西假扮仁和加武士？安倍啼笑皆非。

山本換上武士扮裝套組，得意洋洋地問：「怎麼樣，看起來像仁和加武士嗎？」

「活像個庸君。」

安倍瞥了搭檔的蠢樣一眼，嘆了口氣。這樣根本只是在玩武士扮裝遊戲而已，怎麼可能成功？鐵定會引人懷疑，被識破是冒牌貨。大概只有山本會上這種愚蠢的當吧。

約定時間即將到來，委託人已經在約定的小巷裡等候，看起來是個對地下業界一無所知的外行女人。

「讓您久等了。」安倍低頭致意，說出事先擬好的台詞。「我是經紀人安倍，他就是殺手仁和加武士。」

「幸會。」

拜託你閉上嘴巴——安倍帶著這般言下之意，用手肘頂了山本的側腹一下。

聽完女人的說明後，才知道她的委託是暗殺一般人。

「請殺了這個女人。」說著，她遞出一張照片。「她是在一家叫做 Eve 的店裡工作的女公關。」

照片上的女人看起來確實是女公關樣貌。

「訂金呢？」

「我已經準備好了，請收下。」她把一個牛皮紙信封遞給安倍。安倍確認內容物，是約定的金額十萬圓，一分不少。山本原本提議將訂金訂為三十萬圓，但安倍否決了。金額太高，對方可能會產生戒心，懷疑是詐欺，稍微費點功夫就能籌措的金額才是最理想的。

「好的。」安倍結束話題。「完成之後，我會透過平時的電子信箱聯絡您。」

「麻煩你了。」委託人低頭致意。

和女人分別後，兩人逃也似地坐進車子裡。安倍發動車子，鬆了一口氣。

「……不會吧！」他不敢相信。「居然成功了。」

他們不勞而獲地得到十萬圓。

七局上

這一天，林起床時同樣不見馬場的身影，似乎又出門了。林感慨良多地暗想，山笠祭真是個累人的祭典啊。

林把馬場脫下的衣服扔進洗衣籃裡。他一再提醒馬場收拾，不過，那個男人總是充耳不聞。

林打開電視，電視正在播放晨間新聞，似乎在博多灣發現一具男屍，屍體上沒有任何物品，現在正在調查死者的身分。

節目緊接著進入運動單元，異常興奮的本地藝人正為了鷹隊昨天的勝利開心，林覺得宛若看見了馬場。

打掃事務所、看電視，太陽轉眼間就下山。去吃飯吧——就在林開始梳妝打扮時，事務所的門開了。

出現的是飯塚久美子。

又是她？林感到厭煩。

林以為她是來催促調查的結果，便先聲奪人：「妳老公的下落還在調查中。」

在那之後，榎田尚未聯絡林。林打算說句「一有進展就會聯絡妳」，將她打發回去。

「不是的。」久美子搖了搖頭。「我是為了另一件事情而來。」

「……另一件事情？」她又帶來什麼麻煩事？林露骨地皺起眉頭。

「我遇上詐欺，被一個叫做仁和加武士的男人欺騙。」

——仁和加武士。

從她口中蹦出這個出乎意料的名字，讓林不禁瞪大眼睛。「啊？」

「你別跟警察說喔。」

久美子忐忑不安地說出原委。

久美子深信丈夫失蹤是照片上的女人造成的，越想越恨，甚至萌生殺掉那個女人的念頭。不過，她又不想弄髒自己的手。就在這時候，久美子透過朋友得知地下網站的存在。那是個名叫「地下求職網　福岡版」的可疑網站。

久美子在這個網站的工作徵求板上尋找殺手，並聯絡了報價最為低廉的殺手。

『委託內容當面再談，到時請帶訂金十萬圓過來。』

對方如此要求，久美子也照辦。

殺手是雙人組，一個是做武士風格打扮的「仁和加武士」，另一個是叫做安倍的經紀人。久美子委託他們殺死那個女人，付了訂金之後便離開。這是發生在凌晨一點的事。之後，她就完全聯絡不上對方，寄信詢問他們進展，收到的卻是錯誤訊息郵件。直到此時，久美子才明白自己受騙了，然而，由於事涉犯罪，她不能報警，也不能跟任何人商量，最後在反覆苦思下，才找上這間事務所。

久美子叮嚀：「千萬別跟警察——」

「我不會說的啦。」

林也不能說。

「我當時就覺得他們很可疑，所以偷偷追上去拍了照片。」久美子從名牌包中拿出照片，照片上映著坐進白色旅行車的兩個男人。

「……妳果然適合當偵探。」

久美子提出了第三次的委託：「幫我向他們把錢討回來。」

「——欸，你聽過G．G嗎？」

阮在鄰座吃著拉麵，突然如此問道。地點和之前一樣，是蓋茲大樓附近的拉麵店，但這回是榎田約對方出來。

「聽過啊。傳說中的殺手，對吧？」

「沒錯。聽說本名叫做喬治・權東。」

「……這我倒是沒聽過。」

「我的朋友說他親眼看到的。」

「G・G不是引退了嗎？」

「誰知道？或許重操舊業吧。」

榎田切入正題。「你委託我調查的男人，我已經查出他的下落，就住在博多區的公寓裡。這是住址。」

榎田嘴上說是查到的，其實他打從一開始就知道。他將寫有齊藤住址的便條紙遞給阮，阮道了謝，吃完拉麵便先行離開拉麵店。

榎田拿出智慧型手機打電話給齊藤。鈴聲持續作響，片刻過後——

『您的電話將轉接到語音信箱。』

語音開始，齊藤沒有接聽。這麼說來，齊藤先前說過他晚上在超商打工，或許正在工作。榎田只好在語音信箱留言。

『請在嗶一聲之後開始留言。』

「啊，喂？齊藤老弟嗎？是我，榎田。老實說，出了個小問題。哎，說得簡潔一點，就是有殺手要去你的公寓殺你。就這樣，拜拜～」

接著，榎田又打電話給另一個人。這次的通話對象似乎閒暇無事，很快就接聽。

『喂？』

「馬丁大哥？是我。」

『哦，榎田啊，什麼事？』

「你要的肇逃犯情報，我已經查到一點眉目。那輛車好像是贓車，車牌是偽造的。」

『掛偽造車牌，看來是做地下行業的人。』

「八成是。贓車還沒被發現，或許犯人仍駕駛著那輛車。順道一提，從車禍狀況判斷，車身左前方和兩側應該分別留下了凹痕和刮痕。詳細的照片和資料我待會兒用電子郵件寄給你。」

『謝啦，你幫了我大忙。』

榎田掛斷電話，這才開始吃麵條已經泡得軟爛的拉麵。他一面滑手機一面吃麵，邊吃飯邊確認當天福岡發生的事件是榎田的每日功課。

地方新聞一覽的某則新聞引起他的注意，是博多灣男屍案的後續報導，男屍的身分似乎已被證實是一個叫做飯塚忠文的男人。

飯塚忠文——這個名字好像在哪裡聽過。這麼一提，林委託他查明下落的男人也叫這個名字。看來似乎不是同名同姓不同人。

榎田喃喃說道：「……已經死了嘛。」

＊

和委託人約定的見面地點是中洲河邊的某家爵士酒吧，是對方指定的店。次郎來到店裡時，委託人已經在等候，乍看是個二十歲出頭的年輕女人，一臉憂鬱地坐在吧檯座位的邊緣。次郎在她的身旁坐下。

女人自稱香織，似乎是花名，委託內容是替她被殺的男友報仇。

次郎點的飲料送來後，香織進入正題。

「……你知道在博多灣發現了一具男屍的案子嗎？」

「知道。」次郎點了點頭。他剛看過新聞。

「那具男屍是我的男友。」香織垂下視線。「雖然說是男友，其實是地下戀情。」

她一臉哀傷地說道：「他是我上班的俱樂部僱用的司機，開車送我回去的路上常和我聊天，後來日久生情……」

香織常和他一起來這間酒吧，對他們而言，這間店是充滿回憶的場所。

「他想和太太離婚，可是他知道太太絕對不會答應，所以打算僱用殺手殺她。他之所以來當司機打工賺錢，就是為了這個目的。我愛他，因此決定幫他，兩個人一起省吃儉用、慢慢存錢。」

可是某一天，男友突然遭人殺害了。

次郎想起從前。他之所以成為復仇專家，也是因為情人被殺。次郎的情人是被殺手殺害的，那個殺手是以殺人為樂的瘋子，只是隨機殺人。想當然耳，次郎的情人完全是無辜的。

情人或配偶遇害、滿腔憤怒及憎恨無處宣洩的人提出的委託，次郎向來無法拒絕。就像是看到從前的自己一般，他總是忍不住對這類人伸出援手，因此老是接下同樣類型的委託。

「這個……」香織從包包裡拿出一個厚厚的信封，遞給次郎。「這是我們一起存下來的錢。能不能請你用這筆錢幫我向殺了忠文哥的凶手報仇？」

齊藤下班後走出店門。打工的超商到公寓之間大約是步行十分鐘的距離，齊藤在凌晨的幽暗天空下快步行走。

來到公寓前，為了打開電子鎖大門，他開始尋找鑰匙。就在他翻找包包時，發現手機正在閃爍。有一通語音留言。他播放留言，傳來的是熟人的聲音。

『啊，喂？齊藤老弟嗎？是我，榎田。老實說，出了個小問題。哎，說得簡潔一點，就是有殺手要去你的公寓殺你。就這樣，拜拜～』

「……咦？」

——他剛才說什麼？

齊藤再度播放留言，豎耳細聽所有字句。

有殺手——榎田是這麼說的。有殺手要來齊藤的公寓殺他。齊藤一頭霧水，沒頭沒腦的是怎麼一回事？齊藤立即陷入恐慌，用顫抖的手指撥打電話。

電話響了三聲，榎田接聽：『喂～？』

「榎田先生！你的語音留言到底是什麼意思？」

榎田彷彿這才想起這件事一般「哦」了一聲。

『Murder Inc. 的員工向我打聽你的下落。』

——Murder Inc.。

光是聽到這個名號，齊藤的背部便開始發抖。

「你告訴他了嗎！」

『哎，這是生意嘛，抱歉啊～』

「啊？」齊藤難以置信地瞪大眼睛。「你居然這麼做！」

『所以我不是跟你道歉了嗎？』

「這不是道歉就能解決的問題吧！而且你那是向人道歉的態度嗎！」

『對不起，我以後會補償你的。』榎田笑道：『所以你要努力活下來。』

榎田逕自掛斷電話。齊藤愣在公寓前，難以接受眼前的現實，一片茫然。

齊藤仰望公寓，發現自己的套房陽台有個陌生男人，正抽著菸觀察馬路。齊藤的視線和那個男人對上了。「啊！」男人張開口。錯不了，那就是 Murder Inc. 派來收拾他的殺手。

他害怕的事情終於發生，地獄派遣使者來接他了。

齊藤下意識地拔腿疾奔。「站住！」男人的聲音從背後傳來。他必須逃走，再這樣下去會被那間公司殺掉。齊藤使盡全力奔跑，遠離殺手所在的公寓。

救救我，誰來救救我——齊藤抱著求救之心打開手機的電話簿。

見到林大剌剌地闖進自己工作的牛郎俱樂部「Adams」，大和露出打從心底厭煩的表情。在工作中被叫出來，他似乎很不高興。

林表明來意後，大和的表情變得更加厭煩。

「啊？憑什麼要我做這種事？」

「有什麼關係？反正你閒著沒事幹吧？」

「我看起來像是閒著沒事幹嗎？我現在正在工作！」大和齜牙咧嘴地說道。

林無視他，再次說明自己的來意。「總之，你去幫我找到這輛車的主人，把錢討回來。」

林把久美子拍下的照片遞給大和，但大和硬是不接。「不要。」

「只要跟蹤犯人，扒走皮夾拿回十萬圓就行了。對你來說易如反掌吧？」

「如果皮夾裡不足十萬圓該怎麼辦？」

「那就繼續扒到滿十萬圓為止。」

「你是白痴啊？」大和聳了聳肩。「反正這種事我不幹就對了。」

「……那間叫 Eve 的店……」林嘴角上揚。「時薪高，前輩人也很好，我還是繼續留下來工作吧。」

如果林在店裡捅出婁子，便會危及介紹人大和的立場。聽林這麼說，大和倏然變了臉色。只見他臉色發青，下一瞬間又懊惱地皺起臉龐。看來威脅奏效了。

「真是的！好啦！我照做就行了吧！」

大和從林的手中搶過照片，氣沖沖地回到店裡。雖然是把工作推給別人，不過這下子就解決一樁麻煩事。

回到事務所時已經是凌晨，馬場不知幾時回來的，正在床上睡大頭覺。

林卸了妝，往沙發躺下時，突然傳來手機鈴聲，〈前進吧少鷹軍團〉的前奏響徹四周。不是林的手機，而是馬場的手機。雖然鈴聲持續作響，主人馬場卻毫無反應，依然呼呼大睡。曲子進了副歌。

吵死了，林不禁咋舌。

「……到底是誰啊？在這種時間打電話來。」

林拿起桌上的手機窺探螢幕，畫面上顯示的是「齊藤老弟」。這是他們共通的朋友，由自己代接應該無妨吧？林按下通話鍵。

「吵死了，有什麼事啦？」

『救命啊！救救我！救命啊！』

叫聲刺激著鼓膜。林皺起眉頭，把手機從耳邊拿開。「……你冷靜點。」

『咦？是林先生？馬場先生呢？』

「馬場啊……」林把視線轉向床鋪。馬場並沒有醒來的跡象。「正在呼呼大睡。」

『那林先生也可以啦！』

「什麼叫做『也可以』啊？啊？」

『總之救救我！救命啊！求求你！』

「……我不是叫你冷靜點嗎？」

林詢問發生了什麼事，齊藤慌張失措地說明狀況。

『有殺手在追殺我！救救我！榎田先生出賣我！所以刺客找上門來了！是來殺我的！救救我！』

「啊？」

『總之請你快點過來！求求你！』

「你現在人在哪裡？」

『我正往博多站的方向跑！』

齊藤氣喘吁吁，大概是一直在奔跑。

林不情不願地答應：「好吧，你先到車站等我。」

說完，林衝出事務所。

✳

齊藤的雙腳已經瀕臨極限。雖然每個禮拜都會練球一次，但他已很久沒這樣拚命奔跑，或許是自高中社團活動以來的頭一遭。即使腳幾乎抬不起來，齊藤依然跌跌撞撞地繼續奔跑。回頭一看，遠遠地可以望見那個殺手的身影。齊藤連忙加速。一停下來就會沒命，會被殺掉——他如此告誡自己，鞭笞著身軀前進。

不久，ＪＲ博多站映入眼簾。

齊藤從西側的博多口進入車站，通過中央的電梯旁。在這個首班車剛出站的時段，車站裡冷冷清清。齊藤藏身在大廳的某根柱子後方。

他一面調整紊亂的氣息一面確認周圍。不見林的身影，大概還沒到吧。

要在這裡等候？還是去找林？正當齊藤猶豫不決時，殺手在車站入口處現身，他察覺到齊藤，立即追上來。

糟糕，被發現了——齊藤的心臟開始狂跳。

該怎麼辦？齊藤環顧四周，尋找逃生路徑。情急之下，他拿出ＩＣ卡衝進ＪＲ線的中央剪票口。殺手逼近身後，但他還來不及抓住齊藤，剪票口閘門便先一步關上，打算強行跨越閘門的殺手被站務員攔住了。

趁現在！齊藤繼續逃亡，衝上距離最近的三號線月台樓梯。

駛往小倉的普通電車停在三號月台，是紅灰配色的列車。齊藤上了車，躲在座椅間。

他急得像熱鍋上的螞蟻。趁那個男人還沒來，快點關上車門，立刻發車吧——齊藤抱著祈禱之心凝視時鐘。距離發車還有三分鐘。

就在這時候，有人來電。

『我到車站了。』是林。『你在哪裡？』

「我、我在電車裡，往小倉的普通電車。」

齊藤把視線移向窗外，一陣愕然。那個殺手就站在對面的月台四下張望，尋找齊藤。不久，他察覺了這輛列車，毫不遲疑地跳下軌道，爬上三號月台。

林維持通話狀態趕向月台。駛往小倉的普通電車停在三號月台，車門正要關閉，林迅速趕上車。

「我上車了。」林走在通道上尋找齊藤。「你在哪裡？」

『第、第三節車廂。』齊藤的聲音在發抖。

林位於第二節車廂，聞言立刻前往隔壁車廂。

門開了。

「林先生！」

齊藤可憐兮兮地等著他。

「殺手呢？」

「在那裡。」齊藤用手指指示，只見男人的身影出現於通道門的另一頭，正往這裡走來。

「快逃吧。」

林帶著齊藤逃往第二節車廂，緊接著又往第一節車廂移動。車上沒有其他乘客。

『下一站，吉塚，吉塚。』

廣播聲傳來，似乎快到站了。

到站以後你先下電車逃走，我替你拖延時間——林原本打算這麼說，卻又打消主意。如果那個殺手只是幌子該怎麼辦？如此一來，又會重蹈進藤那時的覆轍。林不能讓齊藤落單。

他把齊藤扔在車廂底端的四人座上。「你在那裡躲著。」

「咦？」

「別說了，不要亂動。」

林站在通道門旁邊，等待男人現身。

門開了，同時，林衝出來給對方的臉孔一拳。挨了這記偷襲的男人身體一歪，撞上另一側的門，栽進車廂連結通道的防護篷裡。

男人有槍，整體是土黃色的，前端附有滅音器。林看過這種槍，是大口徑的軍用款式，用的應該是點四五ACP子彈。由於威力強大，只要中個一發就完蛋了。

男人站起來踏入第一節車廂。林一腳踢向男人的手臂，槍脫手，男人伸手撿槍，但林不給他機會，用自己的刀子砍向他。男人只得放棄撿槍，空手迎擊，看來他對於肉搏戰似乎頗有自信。

「你……」男人露出從容不迫的表情問道：「和齊藤是什麼關係？」

林冷冷地回答：「沒關係，只是被僱來的殺手。」

對話之間，激烈的攻防戰依然持續著。

「那你呢？你想把他怎麼樣？」林揮舞著刀子牽制男人。

男人一扭身，閃過了攻擊。「我只是來收拾叛徒而已。」

「哦？」原來是這麼回事。林面露賊笑說：「那種弱雞，放他自生自滅不就好？沒想到 Murder Inc. 是間這麼膽小的公司。」

一瞬間，男人瞪大眼睛，似乎為了林知道他的來歷而感到驚訝。「就是為了防止他大嘴巴亂說話，讓你這種閒雜人等知道祕密。」

電車駛離吉塚，接下來的停靠站是箱崎、千早和香椎。不知不覺間，電車通過箱崎站，駛向千早站。

齊藤從座位中探出頭來，滿臉不安地觀望。

「原來你在那裡啊？」男人察覺齊藤後咧嘴一笑，從工作褲的口袋中掏出某樣東西。是個橢圓形的藍黑色塊狀物體。

——是手榴彈。

在林錯愕之際，男人拔掉安全栓，朝著齊藤所在的座位扔出手榴彈。林立刻飛撲過去，像攔截平飛球時那樣伸長身體，試圖接住手榴彈。然而他的手沒搆著，手榴彈飛過左手上方，落到齊藤的座位上。

「嗚哇！」

齊藤哇哇大叫著滾到通道上。

男人等的就是這一刻。

手榴彈並未爆炸。那是假貨，只是為了引出齊藤，分散林的注意力。趁著林的注意力被手榴彈吸引時，男人撿起手槍，把槍口指向齊藤。

「危險！」

林叫道，身體同時動了，那是反射性、下意識的動作。林跳向通道中央，挺身護住齊藤，抱著他在地上打滾。

同時，槍聲響起，子彈掠過林的左大腿。一陣劇痛竄過，傷口就像燒起來一樣滾燙。子彈只是掠過而已，居然有這等威力？

幸虧子彈射偏了，沒有打中齊藤。

「——別動。」

然而，男人又把槍口指向他們。

「把武器丟掉。」

男人下令。

林停下動作開始思考。該怎麼做？乖乖照辦？還是反抗？就算能夠抓住對手的空隙使用匕首槍開火，風險還是太大。林的武器口徑較小，和對手的槍相比，威力弱了許多。靠著僅僅三發的點二二LR子彈，自己能有多少勝算？萬一沒打中對方要害怎麼辦？對方一反擊就完蛋了。

形勢顯然不利於己，只能乖乖從命。林把武器放到地上。

腦中閃過過去的失敗。自己又要搞砸了嗎？就像保護進藤那時候一樣。說到底，他根本不擅長保護人。殺手和保鑣的工作性質截然不同，卻要一個殺手去保護人？是提出這種委託的人自己不好吧。

『別找藉口了。』

馬場的聲音突然閃過腦海。

囉唆──林暗想。嗯，對，沒錯，那是他的失誤。讓進藤落單，明知道對手不可能炸掉電車卻被手榴彈分了心，視線從對手身上移開。這些都是職業殺手不該犯的低級失誤。

『所以我平時不是一再叮嚀你麼？要好好掌握場地的狀態。』

林想起馬場所說的話。沒錯，馬場說過很多次，要林把自己身處的狀況牢牢記住。

現在幾人出局？跑者在哪一壘？比較對手的腳程和自己的肩力，在適當的地點讓對手出局。這個工作也是同樣的道理。

林忙不迭地轉動視線、運轉腦袋以掌握狀況。

場地是——電車裡，剛駛離千早站。

自己手無寸鐵，站在兩側車門的正中央。有退路，但腳受傷了。雖然只是輕傷，可是要帶著齊藤逃走有困難。

敵人呢？他直立於座位間的通道上，舉槍對準林的頭，只要一動，他隨時可以扣下扳機。在這麼狹窄的車廂內，逃不出射程範圍。

快思考，想想有什麼方法可以突破困境。必須設法引開這個男人的注意，就算只有一瞬間也好，能不能延遲他扣下扳機的時間？

電車正在行駛，千早至香椎間的熟悉景色拓展於窗外。這麼一提，林以前就住在這一帶。當他還是華九會旗下的殺手時，都是搭乘這輛電車通勤。對，這裡是他的主場啊。

——找到突破困境的方法了。

『下一站是香椎，香椎。請由左側車門下車。』廣播聲傳來。

窗外可望見腳踏車停車場，再過一分鐘左右就會抵達香椎站。

「……你……」林問道：「是福岡人嗎？」

男人依舊舉著槍，搖了搖頭。「不，我是來出差的。」

原來是外地人啊？正好。「那你應該不知道吧。」

電車駛進香椎站。

「我以前住在這附近，所以我知道。」

「……你在說什麼？」男人皺起眉頭。

「這輛電車在這個地點……」林的嘴角上揚，往前用力踏出一步。「一定會搖晃。」

喀噹！車身倏地晃動。

這一晃已足以讓林攻敵不備。

「啥——」

男人身體傾斜，槍口微微朝上偏離了目標。趁現在！林立即採取行動，給了男人的右手一腳，踢落他的槍，並出拳毆打心窩。男人微微呻吟，當場軟倒下來。

林立刻撿起匕首槍，朝男人的胸口扣下扳機。三發槍聲響徹車內，車掌的廣播聲同時傳來。

『香椎，香椎到了，請由左側車門下車。請注意開啟的車門及腳下。』

電車的雙開門開啟。

殺手一動也不動，林抓住腿軟的齊藤手臂說：「喂，快下車吧。」

七局下

猿渡和新田約在同一家烏龍麵店見面。他們在店內深處的桌位相對而坐，一面吃著沒有嚼勁的烏龍麵，一面討論前些天的華九會委託。今天是七月十四日，猿渡和新田搭檔已經過了兩週，總算有大工作上門。

當猿渡提及仁和加武士時，新田有些吃驚。

「仁和加武士……我聽過他的傳聞。」

「他那麼有名嗎？」

「是啊，是個神祕的自由殺手，只知道他戴著仁和加面具，使用日本刀，就和都市傳說差不多，沒想他居然真的存在……」

新田拿出智慧型手機，用左手拇指操作畫面，右手則拿著筷子吃烏龍麵。雖然很靈巧，但是很沒規矩。

「你在做什麼？」

「看看有沒有仁和加武士的資訊。」

新田瀏覽的是一個叫做「地下求職網　福岡版」的地下網站，不光是求職徵才，還有這個業界的各種資訊匯集。由於這是匿名的留言板，自然毫無可信度可言。

新田用「仁和加武士」當關鍵字，搜尋整個網站。

過一會兒——

「啊，有了。」

新田喃喃說道。

「有什麼？」

「仁和加武士。」

「啊？你在唬咱吧？」

「是真的，你看。」新田展示畫面。

只見工作徵求板上有篇以「仁和加武士」為暱稱的人發布的文章。

願效殺人之勞，

一回五十萬圓也。

仁和加武士

文末附上電子信箱。

「這是冒牌貨吧。」

「鐵定是冒牌貨。」

兩人同時喃喃說道。

什麼之乎者也，太可疑了，顯然是冒牌貨，搭理他只是浪費時間。

然而，和新田輕易地達成共識，卻讓猿渡有種不自在的感覺。平時他和這個男人總是意見不合。這麼一提，從前也發生過這種情形，就是高中時代的那場比賽。

高中三年級的夏季甲子園預賽，猿渡站在九局下的投手丘上。他已經投了一百一十二球，失了一分，比數是二比一，猿渡的隊伍領先。兩出局，一壘有人，只要再一人出局，就能挺進甲子園。上場打擊的是目前無安打的第四棒打者。在十八點四四公尺前方，捕手新田打了個暗號，要求的是滑球。猿渡搖了搖頭，不不，該投直球才對吧？猿渡朝著放在外角的手套投出了直球。球棒一動也不動，球削進了好球帶，裁判舉起手來。

第二球是外角偏低的滑球，軌道和第一球一模一樣卻朝外飛去，引得打者揮棒落空。

第三球是內角近身球，打者縮起身子，閃開了球。

好，接下來該怎麼辦？猿渡思考該如何配球。這時還是該投顆內角偏高的直球，釣打者為宜。

新田打出了直球暗號，將手套放在與頭部齊高的位置——內角偏高的直球。他們難得意見相同，猿渡露出了賊笑，點頭同意。

對於新田而言，或許這一球只是伏筆，接著才要靠外角變化球一決勝負。然而猿渡並不這麼想，他要靠這一球解決打者，奪得揮棒落空的三振。他是這麼打算的。

猿渡抬起左腳往前踏出，同時擺動手臂。球朝著新田的手套直線前進，打者向前跨步，揮動球棒。成功了，揮棒落空——猿渡暗想。

然而，下一瞬間，金屬聲響徹四周。鏗！那是道令人精神為之一振的聲響。打者的球棒擊中偏高的球心，毫不遲疑地使勁揮出。敵隊的加油隊發出了歡呼聲。望著被吸入觀眾席的白球，猿渡啞然無語。

出人意表的再見全壘打，二比三逆轉敗。猿渡動彈不得，愣在原地。

『太厲害了，居然能把那顆球打成全壘打。』新田脫下捕手面罩，走向投手丘。

『哎呀，只能佩服對手高明。』

說什麼風涼話？是因為咱們才輸的。猿渡焦躁地把手套摔向地面，並用右手揍了新田的臉孔幾拳。隊友們淚流滿面地奔上前來阻止猿渡，但焦躁難消的猿渡連前來制止的隊友也一併毆打。『別用慣用手打！』教練的呼喊聲傳來，但猿渡連面對教練也出拳。這就是猿渡棒球生涯的最後一天。

怎麼想起這種不愉快的回憶？猿渡一面咀嚼烏龍麵，一面搖了搖頭。正因為發生過這種事，和新田意見相同總讓猿渡有股不祥的預感。他總覺得事情似乎正往不好的方向發展。

「——不。」猿渡撤回前言。「我還是和那傢伙見個面，確認他是不是正牌貨。」

「是嗎？哎，倒也無所謂。不過我覺得只是白費功夫。」新田雖然這麼說，卻同意了猿渡的想法。「那就聯絡看看吧。」

他立刻寄信給這個自稱仁和加武士的人。

『我希望你幫我殺掉一個男人，要多少錢都沒問題。』

對方立即回信。

『今天晚上八點，帶著訂金十萬圓前來指定地點。』

猿渡看了手錶一眼，現在的時間將近七點。

「咱跑一趟。」猿渡起身，放了張千圓鈔在桌上。「馬上回來。」

「小心一點。」新田揮手送他離去。

對方指定的地點是運河城的地下停車場。猿渡搭乘特快音速號，從小倉前往博多。抵達運河城後，猿渡搭上了通往地下的電梯。有兩個男人在幽暗的停車場角落等候猿渡的到來，正好位於防盜監視器的死角。

其中一人即是傳說中的仁和加武士，另一人則自稱是經紀人。

自稱仁和加武士的男人確實做一身武士打扮。正確地說，是穿著活像要參加化裝舞會似的滑稽服裝。

「……你就是仁和加武士？」

猿渡皺起眉頭詢問男人。他以為對方在捉弄他。

「然也。」丁髻頭男人開口說道：「在下正是仁和加武士。」

是冒牌貨——猿渡確信了。看來真如新田所言，這次是白跑一趟。

為了測試，猿渡朝男人的臉孔揮拳。這種程度的攻擊，真正的仁和加武士應該能夠輕而易舉地躲開，然而，猿渡的拳頭卻直接擊中仁和加面具。「噗！」男人發出滑稽的聲音，一屁股跌坐在地上。

面具鬆脫，露出男人的真面目，是個呆頭呆腦的年輕男人。「突、突然之間，何出此舉！無禮之徒！」他慌張失措地叫道。

猿渡拿出暗藏的忍者刀。

「咱是來殺仁和加武士的。」他拔刀抵住男人的喉嚨。「你真的是仁和加武士？」

「不是不是！」

男人立刻回答。

「我不是仁和加武士！」男人猛搖頭，簡直快把脖子扭斷了，怪裡怪氣的口吻也有一百八十度轉變。「我是冒牌貨！」

「咱想也是。」

八成是冒仁和加武士的名，靠著他的名聲撈錢的九流殺手。不管這傢伙是誰，猿渡要找的是真正的仁和加武士。「那就順便把你們做掉吧。」

猿渡舉起刀子。

「噫！」冒牌貨發出慘叫聲。就在這時候——

「——等、等等。」另一個男人開口說道：「放過我們吧。」

「為什麼？」猿渡歪頭納悶。

「你沒必要殺我們啊。」

「也沒必要放過你們。」

男人還不死心，拚命說服即將揮落刀子的猿渡。「留我們活命，對你比較有利。我們知道仁和加武士的下落……正確地說，我們認識仁和加武士的仲介。」

聞言，猿渡停止了動作。他放下刀子，把視線移向男人。「……這話是真的？」

「對。」男人用力點頭，看來似乎不是情急之下使出的緩兵計。「你在找仁和加武士吧？我們可以去拜託仲介把正牌貨叫來，請饒我們一命。」

猿渡並未完全相信他，但是特地跑來福岡，總不能空手而歸。

「好吧。」猿渡用刀抵著冒牌仁和加武士的喉嚨下令：「把仁和加武士叫來。你可別想溜之大吉哪。在這段期間，這傢伙就留在這裡當人質。」

安倍掀開路邊攤「小源」的布簾。

「你還敢來？」

一看見安倍的臉，老闆源造便皺起眉頭，任誰都看得出他有多麼不高興。

「不管你再怎麼懇求，我都不會給你工作。」

源造冷冷地說道。雖然劈頭就吃了閉門羹，但安倍不能就這麼摸摸鼻子回去。

「不是的。」安倍搖了搖頭。「我是來委託的。」

「委託？」

「我有工作要委託仁和加武士。」

源造瞬間露出驚訝之色。

「你是仁和加武士的仲介吧？拜託你。」不然他們的小命就不保了。

安倍遵照那個殺手的指示繼續談判。

「錢已經準備好。」他把一個大手提箱放在攤位桌上，是那個殺手交給他的。「裡頭有一千萬。」

「就算你拿再多錢來——」

「等等，別誤會。」安倍打斷對方說道：「這是訂金。」

聞言，源造瞪大眼睛。

「成功酬勞是九千萬，合計一億。」

饒是源造，聽到這個金額也不禁變了臉色。「……委託內容是啥？」

「叫仁和加武士現在立刻前來運河城的地下停車場，委託人在那裡等他。總之，先和委託人見個面，聽聽委託內容，要不要接受等聽完以後再做決定即可。這個提議應該不壞吧？」

源造沉默片刻後，只回一句話：「我會考慮。」

老實說，安倍也考慮過索性別去找源造，直接帶著一千萬遠走高飛，這樣一來既可以收拾山本，又可以獲得一大筆錢。然而，安倍的良心不容許他這麼做。他明明是個殺手，卻無法忍受有人因他而死，每到緊要關頭就會做出天真的決定。

因此，為了拯救人質山本，安倍回到了殺手身邊。

殺手在旅行車後座等候，他的刀子依然指著山本，對安倍問道：「進行得順利嗎？」

「嗯，還不差。不過酬勞的金額太過龐大，他好像有點懷疑。」

「那傢伙會來吧？」

安倍沒有十足的把握，但若是老實說，對方想必不會接受，因此他只是點了點頭說「當然」。

「按照約定，放我們走吧。」

說來意外，殺手輕易地答應安倍的要求。他收起刀子，下了旅行車。好不容易擺脫禁錮狀態，山本鬆了口氣。

安倍坐進駕駛座，發動車子引擎。他只想早一刻離開這裡。殺手對著安倍等人威脅：「如果仁和加武士沒有來，咱會殺了你們，你們做好心理準備哪。」他的口氣像是不惜追殺到天涯海角。安倍一面在心底祈禱仁和加武士接下委託，一面踩下油門。

映在後照鏡上的殺手身影變得越來越小。來到這裡，應該安全了吧？安倍這才安了心。

付完停車費、離開停車場後，山本大大吐出一口氣。「……啊，好恐怖。你看，我的手還在發抖。」

「我看是你的癮頭又犯了吧？」

「話說回來，真是嚇死我了，沒想到會惹出這麼大的風波。」

「想不勞而獲，遭到天譴了。」

雖然險些沒命，山本卻泰然自若，和平時一樣，一面吸著塞了違法藥草的香菸一面滑手機。

片刻過後——

「……啊！」

山本突然叫道。

「怎麼了？」

「你看！」

他把智慧型手機拿到安倍的面前。

「什麼？」

安倍把車子停在路肩，窺探畫面。是那個「地下求職網　福岡版」的網頁，其中有篇關於仁和加武士的留言。

「有人在懸賞仁和加武士的人頭！賞金是一億耶！」

山本興奮地說道。

的確，網頁上寫著：『願支付一億圓給抓住仁和加武士的人，不問生死。』或許剛才的殺手也是看了這則留言才在尋找仁和加武士。

「……該不會是假消息吧？」

居然肯支付一億圓鉅款，實在太可疑了。別的不說，網路上的資訊原本就不可信，他們就是最好的例子。

不過，這個著眼點不壞。那個殺手為了見仁和加武士一面，不惜支付高額訂金，倘若沒有即使失去一千萬也能回本的把握，是不會這麼做的。換句話說，有人付出一千萬以上的金額懸賞仁和加武士的人頭。只要能活捉仁和加武士，或許就會有出手闊綽的人買下他。

「我們去抓仁和加武士吧！」山本躍躍欲試。「剛才的男人正要和仁和加武士碰面，對吧？我們就趁他們打起來的時候找機會把仁和加武士擄走！」

這個男人老是想一些荒誕不經的點子。有這麼簡單嗎？安倍雖然感到不安，但是訂金詐欺起先也進行得很順利，或許真有成功的機會。安倍將「獲得一億圓」與「再回到剛才的地點」放在天秤上估算風險，覺得似乎有賭命一搏的價值。

再說，安倍也有自尊心。他不能就這麼認栽，他想給那個毛頭小子一點顏色瞧瞧——這是場面話，老實說，他只是被一億圓這筆大錢迷昏了頭。

八局上

齊藤害怕Murder Inc.的刺客不敢回家，林只能暫時把他留在重松家。當時是早上六點。回到事務所，包紮腳上的傷口，在床上躺平時，則是早上七點半。林疲憊至極，睡得不省人事，不知不覺就到了晚上。這完全是日夜顛倒的生活。

馬場回來的聲音吵醒了林。也不知道是去哪裡喝了酒，馬場的心情非常好。

「林林，我回來啦～」

他的神態與平時判若兩人。看來他醉得很厲害，林嘆了口氣。

「來，這是禮物！」馬場遞了樣東西給林。「紅背蜘蛛手機吊飾！」

「我不想要。」林推了回去。

「剛才我遇到榎田老弟，他送給我的，說是他的新作。來，送你。」

「不要，我都說我不要了。」林再度把禮物推回去。「好噁心。」

「為啥～」馬場嘟起嘴巴。「很可愛呀。」

「哪裡可愛？」

「……算了，我自己用。」說著，馬場拿出手機。然而他喝得醉醺醺的，雙手不靈活，無法把吊繩穿進小洞裡。

林越看越煩躁，從醉漢的手上一把搶過手機。

「哎，夠了，我幫你掛，你快去睡吧！」

馬場搖搖晃晃地倒向床鋪，就這麼睡著了。

真是的——林聳了聳肩，替馬場掛上手機吊飾。這時候，馬場的手機響了，播放著平時那首曲子。畫面上顯示的是「老爹」。

無可奈何之下，林代替馬場接聽電話。「啊，喂？」

『……唔？怎麼，是林呀？馬場呢？』

「喝醉了，正呼呼大睡。」

『這可傷腦筋了。』源造喃喃說道。

「怎麼了？」

『不，我有點事要找仁和加武士。』

林瞥了馬場一眼，他看起來不像是能談工作的狀態。

「很急嗎？」

林詢問，源造回答：

『有個委託人現在要當面和仁和加武士談工作，訂金一千萬，酬勞九千萬，接不接工作可以等到談完之後再決定……你不覺得這條件很好麼？』

「的確。」

簡直好過頭，讓人忍不住懷疑裡頭大有文章。

『我本來想跟本人商量看看再決定要怎麼做……』

然而，馬場現在卻是這副德行。

林突然想到，莫非這是華九會的陷阱？若是李僱用的殺手已經找上門來，最好別讓馬場去赴約。

這是反過來解決刺客的絕佳機會。

「我代替他去。」

『啥？』

「只要打扮成仁和加武士的模樣就行了吧？」

『嗯，話是這麼說沒錯……』

「交給我吧。」

林掛斷電話，開始換衣服。他很久沒穿西裝了，但為華九會效力的那段期間，去事務所時倒是常穿。

「……唔。」馬場似乎被聲音吵醒。他坐起身子，揉著眼睛迷迷糊糊地問：「……咦？小林，你要去哪裡？」

「代你的班。」

林繫上領帶，把頭髮綁成一束。

「喂，刀和面具借我用。」林朝著馬場伸出手。「快點啦！」他催促道，馬場搖搖晃晃地站起來。

「……真是的，都幾歲的人了還喝成這副蠢樣。」

馬場用左手拿著仁和加面具遮臉，右手遞出日本刀，喃喃說道：「對不起～」

結束和林的通話不久後，兩個熟識的男人來到源造的攤位。首先是次郎，當他在吃拉麵時，大和也來了。兩人的表情都有點陰鬱。

「怎麼啦？」源造詢問：「兩個人都垂頭喪氣的。」

「……老實說……」大和露出打從心底感到困擾的表情回答：「我在工作上遇到困難。」

「真巧，我也是。」次郎插嘴說道。

「工作？是哪種？扒手？還是牛郎？」

「兩種都不是。」大和氣呼呼地說道：「是馬場事務所接下的委託，但林硬逼我幫忙。聽說有人冒充仁和加武士詐騙訂金。」

「……最近流行冒充知名殺手的詐騙手法麼？」源造皺起眉頭，喃喃說道。

「那個委託人被冒牌的仁和加武士騙走了十萬圓，林要我找出犯人，把十萬圓拿回來，一毛都不能少。為什麼我得幹這種事？」

大和滿口怨言。

「我拜託榎田透過車牌號碼追查犯人的身分……可是那輛車好像是向地下車商買來的贓車，無法追蹤車主。我真的束手無策了。」

「我也是。」次郎加入談話。「我接了個替情人報仇的常見委託，請榎田幫我調查。監視器雖然拍到凶手把遺體放到車上的畫面，但那輛車是贓車，查不出車主的身分，只知道凶手是開白色旅行車的雙人組。」

「咦？次郎大哥也是嗎？」垂著頭的大和猛然抬起頭來。「我在找的也是開白色旅行車的雙人組。」

大和與次郎面面相覷。

他們同時拿出照片放在桌上，兩張照片拍到的都是同樣車款的旅行車和同樣的雙人組。

「該不會……」

「……是同一組犯人？」

「給我瞧瞧。」源造窺探那兩張照片，喃喃說道：「呀！」

次郎與大和轉向源造，靜待他說下去。

「這兩個傢伙……」源造目不轉睛地凝視著照片中的男人。他認得這兩個人。

「……錯不了，他們本來是由我接洽工作的殺手。」

林離開事務所趕往運河城。他用面具遮住臉，腰間插上日本刀，前去和委託人會面。指定地點是二十四小時營業的地下停車場。一個男人在北側區塊的角落倚牆而坐，靜待他的到來。

「……你就是仁和加武士？」男人察覺到林，起身問道。「正牌貨？沒想到這麼矮小。」

林看不清男人的長相。對方不但戴著帽兜，還用黑布蒙住嘴，光看外表就十分可疑，不像是普通的委託人。

林繃緊神經回答：「嗯，沒錯。」

「這裡有九千萬。」男人的腳邊有個大硬鋁箱。「咱想用這些錢委託你殺人。」

「要殺誰？」

「咱。」

什麼？林還來不及反問，男人便採取行動。他撲向林，揮落刀子。林及時用日本刀的刀鞘擋住這一刀。

「這是哪門子的委託？」委託人突然持刀砍來，果然是陷阱吧？林瞪著對手。

「……你是殺手？」

「快把那玩意拔出來。」男人用下巴指了指日本刀，接著，用右腳踩住裝錢的箱子。「只要打贏咱，這九千萬就是你的。」

男人以箱子為踏腳台一躍而起，朝正下方落下，順勢對著林的腦袋揮落刀子。

林再次用日本刀抵擋攻擊，刀刃與刀鞘互相撞擊，發出低沉的聲響。林拔出日本刀砍向對手的身體，但男人以輕盈的步法閃開，猶如踩著舞步一般，顯得游刃有餘。

林拉開距離觀察對手。鎮定，冷靜下來——林如此告誡自己。對手用的是什麼武器？林在一片昏暗中定睛凝視。刀身約有五十公分長，刀柄看來像是日本刀卻太短也太直，護手是正方形的。

——難道是忍者刀？

林聯想到答案的瞬間，男人從上衣內側拿出某種武器，並以身體往右傾斜的奇妙姿勢射出。

林反應不及，未能完全躲開。

「痛！」

一陣劇痛竄過。仔細一看，一個黑色塊狀物體插在側腹上。四方銳利突出的物體——是手裏劍。

忍者刀加手裏劍，低肩投法——林想起榎田所說的話。莫非這傢伙就是「潛水艇忍者」？四處獵殺殺手的那個殺手。

原來如此，北九州的殺手獵人這回盯上了仁和加武士，特地跑到福岡來。原來他並不是華九會的刺客？

「我一直想和你打一場。」男人說道，從帽兜和蒙面巾縫隙間露出的眼睛，陰森森地瞇起來。

林啐了一聲。這小子玩得很開心嘛！

「要是你輕易掛掉，咱可不饒你。」

對手接二連三地展開攻擊。

林不習慣使用日本刀，縱然想反擊，但武器太重了根本揮不動。

「……呿！真難用。」

林擺出投擲標槍的姿勢，朝著敵人扔出日本刀，並趁對手閃避時從懷中取出愛用的匕首槍。現在他已不是武士，成了普通的殺手，但是無可奈何。

林扔出的日本刀刺入停在男人背後的車子。

林素來以身手矯捷自負，但對手竟比他更快，林只能一路防守。刺中側腹的手裏劍使得林的動作變得遲鈍，但即使扣掉這一點，他們之間的實力依然有天壤之別。面對壓倒性強大的敵手，林的額頭冒出了冷汗。

暗器接連自男人懷中射出，宛若機關槍掃射一般。林打了幾個滾躲進車子背後，以車身為盾牌，等待攻勢止息。

不久，四周安靜下來，林扣住扳機尋找目標，試圖反擊。

然而，到處都不見男人的身影。

在哪裡？他躲在哪裡？林確認四周，可是完全感覺不到對手的氣息。

就在這時候，林的雙腳突然被捉住。男人的手從車子底下伸出來。林太大意了。原來他藏在那裡？

林被拖入車子和地面之間，動彈不得。

八局下

猿渡感到很洩氣。

「搞什麼哪！」面對傳說中的「殺手殺手」——仁和加武士，猿渡失望透頂。「你根本沒什麼了不起的嘛。」

猿渡高估了這個號稱博多最強的殺手。確實，和過去在東京及小倉對戰過的對手相比，這個男人是強上一些；與猿渡對陣撐得過五分鐘的殺手，他可說是頭一個。不過，仍然不符合猿渡的期待。

剛才對手扔出的日本刀筆直插在車身上。猿渡抓住對手的腦袋，把他的喉嚨湊近刀刃。「有什麼遺言就說吧。」

男人回答：「要殺快殺。」聞言，猿渡對他有些另眼相看。過去遇上的殺手到了臨死關頭都是哭哭啼啼、渾身發抖，淚眼婆娑地說著「饒了我吧」、「住手」或「我不想死」，盡是些窩囊廢。

這個男人不同，雖然雙掌被苦無刺中、雙腳被劃傷，仍舊勇敢迎擊；即使處於壓倒性的不利狀況，鬥志依然絲毫不減。他的膽識確實過人，這點倒是可以認同。看在他如此有種的分上，讓他死個痛快吧。

猿渡的手臂使上了勁，就在他打算切斷男人喉嚨的下一瞬間——突然有一道強光照耀著猿渡他們。是車頭燈，熟悉的旅行車正朝著猿渡猛烈衝來。

旅行車在猿渡的眼前緊急剎車，輪胎與地面磨擦，震耳欲聾的剎車聲響徹四周。車上是剛才的雙人組，冒牌的仁和加武士和他的經紀人。後者從駕駛座上探出頭來，用槍指著猿渡，情急之下，猿渡立即藏身於身後的車子後方。

旅行車的拉門打開，另一個男人衝出來，抱住蜷曲在地動彈不得的仁和加武士。

——難道他們想半路攔截，搶咱的獵物？

男人把仁和加武士抱在右腋下，左手一把抓起裝了錢的箱子。他坐上車後，車門立即砰一聲關上。

「混蛋！」

猿渡咋舌，心想中計了。

車子駛動，倒車轉了個方向離去。猿渡試圖追趕，但敵不過車子的速度。

「那兩個傢伙……」

獨自被留下的猿渡用力踹了附近的車子一腳。

不但帶走了仁和加武士，連錢都成功奪來，結果如此圓滿，安倍反而感到害怕。

他們甩掉了男人，開著車子繼續前進。總之，得先找個地方藏身。安倍的目的地是那珂川對岸某棟老舊的建築物，那是一棟爬滿藤蔓的公寓，幾乎已化為廢墟，整面白牆上都是無意義的塗鴉。由於疏於管理，非法入侵者眾多，有許多罪犯、遊民以及背景不單純的人擅自入住，安倍他們也常常把那裡當成祕密藏身處。

他們把車子停在公寓前，抱著仁和加武士上樓，一如平時走進二樓底端的房間，並綁住負傷的仁和加武士的手腳，讓他坐在椅子上。

「哇！你看，成堆的鈔票耶！」

山本打開硬殼鋁箱，雙眼閃閃發光。他忙不迭地把一疊疊的鈔票塞進皮夾和衣服口袋中。

安倍立刻向留言者報告抓住了仁和加武士之事，對方也馬上回覆。

『以下是仁和加武士的目擊者提供的資訊，請參考一下。身高是一百七十到一百八十之間，頭髮是黑色的，梳油頭。』

奇怪？安倍歪頭納悶。他們抓到的男人怎麼看身高都不滿一百七十公分，而且留著褐色長髮。

「你該不會……是冒牌貨吧？」

安倍扒下仁和加面具，男人現出了真面目。那是個年紀很輕的男人，大約二十歲左右，長得白白淨淨的，有張中性的臉孔。

「你發現得太晚了吧。」男人笑道。

源造那傢伙——安倍咂了下舌頭。居然派冒牌貨出面？

「真正的仁和加武士在哪裡？」

「誰曉得？」對於安倍的問題，男人露出挑釁的笑容。看來他似乎沒有老實招來的打算。

「那就用拳頭逼你說出來吧。」

山本面露賊笑，揍了男人的腹部一拳。他交互毆打椅子上的男人的臉孔與腹部，男人咳了好幾下，把帶血的唾液吐到地板上。

即使被打得鼻青臉腫，男人依舊不露半點口風。他非但不害怕，甚至露出冷笑。

「……怎麼？打完了啊？」

不久，反而是動粗的山本累了，舉白旗投降。

「這小子怎麼也不肯說耶。」

「或許他受過某種程度的訓練。」大概是已經習慣皮肉痛。「光是揍他沒意義，必須嚴刑拷打才行。」

「嚴刑拷打？該怎麼做？搜尋看看好了。」

山本拿出智慧型手機，再次連上那個網站。他用「拷問」當關鍵字搜尋站內，收集情報。

「哦，有這種行業耶。」

工作徵求板有個自稱「拷問師」的人發布的文章，上頭寫著：『要他招供！要他痛苦！要他遍體鱗傷！無論任何需求都能滿足，為您提供超值的拷問師派遣服務。估價免費，歡迎來信洽詢。首次試用享五折優惠。』

「這種事還是該交給專業的才對。」

安倍難得贊同山本的意見。老實說，他不擅長折磨別人，也不想因為拔指甲、剝皮這類殘酷的行為弄髒自己的手。把這項工作交給專精此道的人確實是上策。

他們馬上寄信聯絡那個拷問師：『我想請你拷問某個男人，逼他吐出情報。』

對方立刻回覆：『需要拷問對象的個人資訊才能估價。』

於是，他們在回信中描述男人的特徵：『年齡大約二十歲，身高不到一百七十公分，體型偏瘦，長髮，八成是殺手，不管再怎麼揍他，他都一聲不吭。』並附上男人的照片。

估價結果，拷問費用是三萬圓，若是問不出情報就不收錢，收費可說是相當有良心，因此他們決定委託，立即傳送郵件告知所在位置的地址。

拷問師在一個小時後來了。

那個拷問師是身高將近兩米的大漢，而且是個黑人，雙手提著大大的行李箱和看似工具箱的東西。瞧他行李這麼多，活像剛出國旅行回來。

「啊，你好。」他用與外貌毫不相襯的流利日語打招呼。「謝謝你的委託。」

他俯視著椅子上的男人，用平易近人的口吻問道：「所以呢？要我從這個男人口中問出什麼？」

「關於仁和加武士這個殺手，他所知道的一切。」

「仁和加武士啊？ＯＫ。」

拷問師簡短地回答，接著替男人的雙手鬆綁，並動手褪去男人的衣物。待脫掉外套、襯衫和領帶，上半身變得一絲不掛之後，拷問師才打開工具箱。工具箱裡排放著各式各樣的拷問器具。

安倍原以為他會立刻開始拷問，誰知他居然拿起繃帶。

「你要做什麼？」山本問。

「止血。他受傷了，要是在拷問途中掛點，那可就傷腦筋。」

拷問師用繃帶包住男人雙手、腹部和腳上的傷口。傷口受到壓迫，男人呻吟了一聲：「嗚！」

止血完畢後，拷問師拿起老虎鉗，轉向安倍等人說道：「抱歉，能不能請你們離場？」他面露苦笑。「有人在旁邊，我無法專心工作。」

用不著拷問師說，安倍也打算離開。他可沒有觀賞別人受折磨的嗜好。

「我們就在隔壁的房間裡，結束以後說一聲。」安倍轉過身去，帶著山本退出了房間。

拷問師回答：「ＯＫ。」

「嗚，呃啊啊！」

背後傳來男人忍受痛苦的慘叫聲，或許是指甲被剝下來了吧？安倍忍不住想像這種令人不快的畫面，加快離去的腳步。

蓋茲大樓一樓有一家營業至凌晨的咖啡店。猿渡夾雜在上班族和看似酒店小姐的女人們之間，喝著冰咖啡等待新田到來。

片刻過後——

「讓你久等啦～」

新田揮著手走來。

仁和加武士遭人半途攔截後，猿渡立刻聯絡新田，要他現在馬上來福岡，一個半小時後，總算和新田會合。

「怎麼這麼慢？」

「抱歉、抱歉，我已經儘快趕來了。」新田問道：「發生什麼事嗎？這麼急著叫我過來。」

「……有人來礙事。」

一回想起來，猿渡又開始焦躁，不禁咋舌。

「那個雙人組突然跑來，把仁和加武士跟錢都偷走了。」

猿渡向新田說明來龍去脈，新田聽完面露賊笑說：「真難得，你居然會犯這麼糊塗的錯誤。」

猿渡雖然氣憤卻無法反駁。他確實很糊塗，是他太大意了，把精神全放在仁和加武士身上，沒有注意周圍，才會被抓住一瞬間的空隙。那種感覺就像是把全副注意力放在打者身上，在毫無防備的狀態下被盜壘一樣。

然而，猿渡也不是省油的燈。

「咱把你給的發訊器放在他們車上了。」

坐上他們的車時，猿渡把發訊器塞進後座的縫隙間。

「好樣的～」新田嘴角上揚。

「快點幫咱查出他們的所在地。」

「是、是，稍等一下。」

新田從包包中拿出平板電腦，查詢發訊器的所在位置。

「……哦，有了有了～」

他一下子就查到了，並把平板電腦轉向猿渡。畫面上顯示的是中洲的地圖，其中有個紅點在閃爍。

「中洲那珂川沿岸的建築物，從這裡步行大約十分鐘的距離。」

那兩個傢伙就在附近。猿渡站了起來。「咱去宰了他們。」

「啊，等等，我也一起去～」

新田跟著起身。

九局上

「嗚、呃啊啊！」

側腹的傷口被人從繃帶上用指頭使勁按壓，林忍不住發出慘叫聲。確認雙人組離去後，林壓低聲音說：「……很痛耶！虐待狂。」

拿著老虎鉗的馬丁內斯聳了聳肩。

「喂喂，你居然說趕來救你的恩人是性虐待狂呀？」

「你就是一臉開心的樣子啊。」

「什麼話？我從來不覺得做這份工作很開心。」

「你的臉在笑。」

馬丁內斯面露苦笑，抓住林的上臂。「站得起來嗎？」

「勉強可以。」

老實說，林覺得很吃力。雖說不是致命傷，但林的四肢都受了傷。不過，現在不是喊痛的時候。林借助馬丁內斯之手，咬緊牙關，忍痛從椅子站起來。

「話說回來，真是嚇我一跳，沒想到客戶居然會傳你的照片過來。」馬丁內斯指著林的傷口。「瞧你遍體鱗傷，是被誰打的？」

「忍者。」

「忍者？」

「他丟手裏劍射我。」

馬丁內斯噗嗤一笑，似乎不相信。「手裏劍？喂喂，別開玩笑了。」

林懶得說明事情經過，改變了話題。「接下來該怎麼辦？」

「哎，交給我吧。」

說著，馬丁內斯打開行李箱，裡頭塞著一具年輕男人的屍體。他和林一樣個子矮小、留著褐色長髮，身上並未穿衣服。

「記得跟佐伯醫生道謝，這是他臨時替我準備的。假髮是次郎弄的，因為時間不夠，只用黏著劑黏住而已。」

馬丁內斯從工具箱中拿出刀子，在屍體上林受傷的部位刻上同樣的傷痕。

「林，褲子脫下來給這傢伙穿。」

林依言脫下西裝褲，身上只剩下一條內褲。

馬丁內斯在屍體上動手腳，製造受過拷問的假象。他挖出眼珠，削掉耳鼻，割裂兩側嘴角，把整張臉破壞得面目全非。

見狀，林皺起眉頭。「嘔！」真虧馬丁內斯能若無其事地做出這麼殘忍的事，林不禁感到佩服。

馬丁內斯回過頭來露出苦笑。「別呆呆地站在那裡看，發出點慘叫聲啊，不然會被懷疑的。」

「……呃啊～好痛～救命～」

「算了。」馬丁內斯制止他。「你的演技有夠爛。」

結束屍體的拷問後，馬丁內斯幫屍體穿上林的衣服，在全身上下抹上血漿，並讓屍體坐在林剛才坐的椅子上，這項移花接木之計便大功告成。

馬丁內斯說：「好，快進去吧。」並用下巴指了指剛才裝著屍體的空行李箱。

「又來了？」

這麼一提，以前也幹過這種事。林不情不願地進入行李箱，縮起身子。

「好窄。」很不舒服。「而且有股屍臭味。」

「別抱怨了。」

馬丁內斯闔上蓋子，林的眼前變得一片漆黑。「保持安靜啊。」

片刻過後，三道腳步聲傳來，似乎是馬丁內斯去隔壁的房間把委託人叫來。

「你殺了他？」

男人詢問馬丁內斯，是年紀較大的那個男人的聲音。

「出血太多，回天乏術。他死前有透露一點情報。」馬丁內斯繼續說道：「這傢伙好像是仁和加武士的同夥。」

「真的？」

「仁和加武士忙著處理別的委託，所以才叫這傢伙替他赴約。我只來得及問出這件事。」

「不，夠了。」

他們好像很滿意馬丁內斯的工作成效。

「那我先走了，以後也請多多惠顧。」

林的身體浮起來，馬丁內斯似乎提起了行李箱。等到下樓離開公寓後，林從內部捶打行李箱，要馬丁內斯放他出去。

「是、是。」

馬丁內斯回答，打開了箱子。

林從裡頭跳出來，吸滿新鮮的空氣才問道：

「……欸，跟他們說實話不要緊嗎？」

馬丁內斯對雙人組說的是事實，林的確是仁和加武士的同夥。雖然不知道他們是誰，但他們鐵定又會找上仁和加武士。

「你擔心馬場啊？」馬丁內斯問。

「也不是啦……」林結結巴巴地回答，並垂下頭來。「我只是不想再因為我的失誤而造成別人的麻煩。」

「你不用自責。」馬丁內斯聳了聳肩。「像我們這種地下社會的人，原本就是活在隨時有生命危險的狀態下。再說……」

馬丁內斯露出賊笑繼續說道。

「那傢伙可不是坐以待斃的男人。雖然他看似漫不經心，其實早就想好對策了。」

什麼意思？林還來不及發問，馬丁內斯便轉過身，背對著林邁開腳步。「別說這些了，快逃吧。你走得動嗎？」

「嗯。」林拖著腳跟上。這時候——

馬丁內斯突然停下腳步。「啊！」

「……怎麼了？」

「欸，那輛車是那兩個傢伙的嗎？」他指著停在公寓前方的白色旅行車。

「應該是。」林點了點頭。「我就是坐那輛車來的。」

馬丁內斯走向旅行車，把某樣東西裝在車身上。

「那是什麼？」

「紅背蜘蛛型竊聽發訊器2.0版。」

「2.0版？」那個蘑菇頭又做了怪東西？「和之前的有什麼不同？」

「新的可以黏在牆壁上，也可以當手機吊飾使用。」

背上有著紅色花紋的蜘蛛模型牢牢地黏在車身上。

九局下

來到發訊器所示的地點一看，有棟老舊的公寓，前方停著一輛熟悉的旅行車。那個雙人組正在把某樣東西塞進車子裡。

猿渡大步邁向他們，出聲喊道：

「喂，你們兩個！」

雙人組回過頭來，見了猿渡一臉愕然。

「嗚哇啊！」

他們發出窩囊的叫聲，打算溜之大吉。

猿渡從後方抓住他們的衣領。

「別想逃！剛才居然敢擺咱一道！」

猿渡交互毆打男人的臉龐，新田則在猿渡背後舉槍指著兩人，以防他們逃走。雙人組死了心，舉手投降。

好，把仁和加武士和九千萬討回來吧。

猿渡開始檢查車內。後座呈現平放狀態，形成一片寬敞平坦的空間；前方有個銀色行李箱，那是猿渡被搶走的錢。猿渡把行李箱從車裡拿出來後，發現深處有個用藍色塑膠布包住的巨大物體。

該不會——猿渡暗想，把那個物體從車裡拉出來，掀開塑膠布。只見裡頭是具矮小的男屍，身穿西裝，渾身是血，從體格判斷應該是仁和加武士。

「……你這混蛋！」猿渡氣得火冒三丈，揪住男人的胸口。「幹了什麼好事！」

他明明該死在自己的手上——猿渡憤慨不已，男人慌忙辯解：

「他是冒牌貨啦！好像是仁和加武士的同夥！」

「啊？」

「……的確，這個男人是冒牌貨。」新田說道，目不轉睛地打量屍體的臉孔。「根據仁和加武士的目擊者提供的情報，仁和加武士的身高大約是在一百七十到一百八十之間，頭髮是黑色的，和這具屍體的特徵並不吻合。」

「仁和加武士忙著處理別的委託，才派這傢伙代替他來。這傢伙後來招認了。」另一個男人解釋：「我們本來也不知道他是冒牌貨，被仁和加武士的仲介騙了。」

新田用槍口抵著男人的額頭，面帶微笑問道：「可以告訴我們那個仲介的聯絡方式嗎？」

雙人組同時點頭。新田遞出紙筆，男人顫抖著手寫下電話號碼與電子信箱。

「這些聯絡方式是真的吧？」

「當、當然。」

猿渡放過他們之後，兩人便慌慌張張地坐進車裡，逃之夭夭。猿渡原本想殺掉他們，卻又改變主意。那兩人目前是聯繫仁和加武士的重要管道，要是出了什麼狀況，他們卻死了，那可就傷腦筋。再說，他們尚未察覺發訊器的存在，無論逃往何處猿渡都能找出來，隨時可以殺掉他們，因此猿渡才姑且放過他們。

留在現場的只剩猿渡和新田，還有被棄之不顧的屍體一具。

「……接下來該怎麼辦？」

「利用這個把正牌貨引出來。」新田望著屍體。「使用激烈一點的手段，比較容易引對方上鉤。」

「……他怎麼知道我們在哪裡？」

安倍一面開車一面歪頭納悶。那個殺手為何能夠找到他們？難道他們被跟蹤了嗎？

不，不可能。

這麼一提——安倍想起上次遇上那個男人時的情況。他說過：『如果仁和加武士沒有來，咱會殺了你們，你們做好心理準備哪。』活像即使安倍等人逃到天涯海角，他也找得到一般，但安倍當時以為他只是在虛張聲勢而已。

莫非……安倍把車停在路肩，移到後座，仔仔細細地檢查座位。

「……有了。」

果然如安倍所料，座椅縫隙間夾著一個看似發訊器的黑色塊狀物體，八成是趁著挾持山本當人質坐進車裡的時候放進去的。安倍把發訊器扔到窗外。

「……好痛……我的鼻子差點掉下來了……」副駕駛座上的山本用面紙摀著鼻子。被男人毆打臉孔之後，他的鼻血一直流個不停。

「就是因為幹了詐欺這種卑鄙無恥的事，才會遭到天譴。」

經過這次教訓，也該認真工作了，做好殺手的本分，規規矩矩地完成委託——就在安倍如此暗想時，他的手機響了。「喂？」

『我有話跟你說。』是仲介源造打來的。『來拉麵攤找我。』

安倍立刻造訪源造的拉麵攤。有鑑於上次的情況，安倍將山本留在車上。

「我再給你們一次機會。」

源造要談的是安倍求之不得的事。

「機會……難道你願意再介紹工作給我們？」

源造一臉不悅地點頭。「嗯。」

「真的？」

「最近太忙了，連你們都得找來幫忙。」

他不情不願地說道，遞了張紙條給安倍。

「一個小時後去這個地方，委託人在等著，詳細的工作內容直接問他就行。」

「嗯，我知道了。」

最後源造用嚴厲的聲音忠告：「這次別再搞砸了。」

怎麼會搞砸？這可是好不容易得來的機會。安倍摩拳擦掌地心想，就算賭上這條命也一定要成功。

他掀開布簾，離開拉麵攤。

腳步自然而然地變得輕快起來。他走在那珂川邊，正打算回車上時——

「哎喲！」

「好痛！」

迎面而來的男人撞上他。

那是個頂著一頭衝天褐髮的花俏男人。打扮成這副模樣走在這種地方，八成是在中洲工作的牛郎。是下了班要回家嗎？

「對不起。」牛郎客客氣氣地道了歉之後離去。

延長賽十局上

凌晨四點。

天色仍然昏暗，中洲的路上行人絡繹不絕。雖然正值客人最多的時段，源造卻比平時提早打烊。

今天是七月十五日，博多祇園山笠祭的最終節目「追山」的舉辦日。從前源造也會參加祭典當扛山車的舁夫，但歲月不饒人，他的體力衰退了，老毛病的腰痛也越發惡化，只好退出山笠祭。即使如此，他每年還是會去參觀祭典。

就在他打烊完畢正要拉動攤車之際，手機震動起來。他收到一封來自陌生電子信箱的郵件，沒有主旨，內文是：『轉告仁和加武士，他的同夥在我手上。』並隨信附上幾個檔案。

「啥——」

打開附檔，源造一陣愕然。那是兩張照片，第一張是某個男人的全身照，褐色長髮的年輕男人倚著滿是塗鴉的牆壁而坐。

「這個難道是……林麼？」

第二張照片是上半身特寫，臉部已完全看不出原形，眼珠被挖出來，耳朵被割掉，渾身是血。

「天呀——」

源造用左手摀住臉。怎麼會這樣？源造還在奇怪林為何遲遲沒有聯絡，沒想到他居然變成這副模樣。

源造立刻打電話給馬場，但是一直打不通。這是當然的，今天是追山。

既然如此，只能直接去找馬場。源造把攤車留在原地拔足疾奔，經過明治路、過了橋，朝著追山的起點櫛田神社的方向而去。

源造抵達時，路上已是人山人海。載著人偶的裝飾山車並排於路邊，周圍是準備出場的舁夫。熱氣與緊張籠罩四周，兩側是連綿不絕的燈籠及攤販，觀眾拿著相機擠在路邊。源造穿梭於身穿短袦的男人之間，四處尋找馬場。

走了片刻，他發現馬場所屬的那一流。大家都穿著同樣的短袦。

源造在他們之中找到馬場。馬場並不是頂著平時的鳥窩頭，而是梳了個油頭，頭上綁著布條；上半身穿著白色短袦加束腹，下半身穿著同樣顏色的丁字褲，並插著扛山車時用的草繩；膝蓋下方至腳踝之間是藏青色的綁腿，雙腳則是穿著分趾鞋，一身準備萬全、隨時可以加入祭典的打扮。他正一面和夥伴聊天，一面做伸展操。

「馬場！」

源造大叫，馬場回過頭來。「咦？老爹？」

「別說了，跟我來！」

源造抓住馬場的手臂，把他拉到四下無人的地方。

馬場一臉錯愕。「怎麼了？瞧你慌的。」

「林、林——」源造調勻呼吸，說道：「林出事了。」

「……小林？」

源造說明來龍去脈，並給馬場看那封信。

「這、這是……」

饒是馬場，見到照片中的殘虐景象也不由得啞然失聲。

「眼珠被挖掉了，耳朵好像也被割下來。不知道是哪個王八蛋幹的好事……」

不該讓林去的，源造後悔不已。

馬場看完郵件內文後，便背過身去。「我去一趟。」

「等等。」源造叫住他。「……已經太遲了。」

遭受如此殘忍的折磨，出血量又多，林已經沒救了。若是讓馬場前去，或許會重蹈林的覆轍——源造有這種感覺，他不想再嘗到同樣的後悔滋味。「林已經死了，就算你去救他也無力回天。」

馬場並不是傻瓜，用不著源造說，他也明白這個道理。他明白，但他仍然要去。馬場就是這樣的人。

「……這和是生是死無關。」

馬場把手放在源造的肩膀上。

「他一個人待在那種地方，一定很孤單。」馬場微微一笑。「我得快點去接他回來。」

延長賽十局下

櫛田神社附近人山人海，祭典似乎即將開始，身穿短褂的男人淹沒了道路，觀眾並立於兩側。猿渡拖著一個大旅行箱，撥開人潮行走。

時間還不到五點，周圍依然一片昏暗。

仁和加武士指定的地點是神社附近的工地現場。猿渡無視「禁止進入」的警告，鑽過圍起的繩索。

被薄薄的黑色塑膠布覆蓋的建築物不知是不是剛開始施工，只有鋼筋搭成的骨架，沒有天花板，看得見夜空。周圍是堆積如山的建材，視野開闊，相當寬敞。

仁和加武士已經在此等候，他佇立於這個無生命空間的正中央。看見他的模樣，猿渡大吃一驚。他穿著白色短褂和丁字褲，頭上纏著布條，腰間掛著繩子，和剛才看見的那些人做同樣打扮。這個男人也要參加祭典嗎？話說回來，居然以這副打扮前來和抓了同夥當人質的人見面，未免太瞧不起人。

如傳聞所言，仁和加武士用紅色面具遮住半張臉。其餘特徵也完全一致，身高約在一百七十至一百八十公分之間，黑髮。錯不了，猿渡確信這個人是正牌貨。猿渡感覺得出來，縱使一身滑稽裝扮，但他和自己過去對戰過的殺手們有著截然不同的氣息，雖然手無寸鐵卻毫無空隙。

「正牌貨終於登場啦？」猿渡在蒙面巾底下歪唇而笑。附上了同夥遭到虐殺的屍體照片，饒是仁和加武士也無法置之不理。「真是千呼萬喚始出來哪。」

「照片裡的男人在哪裡？」仁和加武士詢問，聲音低沉冰冷，看來他的心情似乎不太好。

「死了，在這裡頭。」

猿渡把他帶來的旅行箱踢向對方。車輪滾了滾，在仁和加武士的跟前停下來。箱子裡是代打的屍體和他的日本刀。

仁和加武士打開箱子確認，與面目全非的同夥照面。此時，他的嘴角似乎微微地上揚了。

猿渡皺起眉頭：「你在笑什麼？」

「不，沒事。」

仁和加武士說道，但嘴角依然是上揚的。真是個噁心的男人。

「哎，也罷。」猿渡拿出藏在連帽上衣底下的武器，並用下巴指了指日本刀。「快點抄傢伙吧。」

有別於打算一戰的猿渡，仁和加武士的反應非常冷淡。「山笠祭快開始了，我沒時間陪你玩。」

「放棄祭典吧。」猿渡可沒打算放他走，堵住了出入口。「如果你說什麼都要去，就殺了咱以後再去。」

『倒數十秒！』

神社方向傳來宣告祭典即將開始的廣播聲。

仁和加武士終於打算一戰。他從箱子裡撿起日本刀，轉向猿渡。

『倒數五秒！』

倒數仍在持續進行。

總算等到這一刻，猿渡無法克制臉上的笑意。他的雙眼燦然生光地凝視著對手，鬥志高昂，呼吸逐漸加速。

呼！他吐了口氣後，屏住呼吸。

『喝！』

男丁的吆喝聲響徹四周。祭典開始，兩人也以此為信號拔出刀來，往前跨步。猿渡快了一步。

鏗！金屬聲響起，刀刃互擊，閃光竄過黑暗。

扛山車的雄壯吆喝聲不絕於耳，太鼓敲得震天價響，歡聲雷動。

『嘿咻！嘿咻！』

猿渡也用不遜於快板吆喝聲的速度連續揮刀，不給對手反擊的機會。仁和加武士一面後退，一面橫刀格擋。

猿渡心想果然是正牌貨，這傢伙很強，比從前對戰過的任何殺手都強。

猿渡的氣勢雖然壓過對方，但他不能大意。對手以不帶絲毫冗贅的動作避開猿渡的猛攻，窺伺反擊之機。他一面鑑定猿渡的實力，一面消耗猿渡的體力。不愧是福岡最強的「殺手殺手」，無論是看清刀刃軌跡的動態視力或閃避攻擊的反射神經，皆是不容小覷。

『嘿咻！嘿咻！』

吆喝聲越來越大，山車已經離開神社境內來到街上。男丁們一面呼喝，一面通過附近的街道。

猿渡由內往外使勁一揮，旋即又反手握住忍者刀，施展銳利的刺擊。

仁和加武士傾斜上半身避開攻擊，並旋身揮刀砍來。

猿渡用左手上的刀鞘抵擋攻擊，暫且拉開距離。

這下子有意思了。猿渡盯著眼前的強敵，舔了舔嘴唇。

就在這時候——

「到此為止！」

「別動！」

突然，數道男聲響徹現場。

雙方都停下動作，把視線轉向聲音的來源。

幾個身穿黑西裝的男人包圍猿渡和仁和加武士，約略估算大概有十幾個人，他們全都把槍口指向仁和加武士。

李從這群人之中現身。

「……原來是這麼回事哪。」猿渡喃喃說道。他想起了附帶ＧＰＳ功能的腳環。他似乎被華九會的人跟蹤了。

「丟掉武器，舉起雙手。」

仁和加武士乖乖聽從李的命令。身穿黑西裝的男人們一擁而上壓制了他，而他束手就擒，並未反抗。

外頭停著三輛高級黑頭轎車，李的部下們用袋子套住仁和加武士的頭，將他推上車。

「慢著！」猿渡高聲制止他們，但男人們並未停下動作。仁和加武士就這麼被推進後座帶走了。

望著逐漸變小的黑頭車，猿渡一陣茫然。這是獵物第二次被搶走，他氣得渾身發抖。「可惡！」他啐了一聲。每個人都來礙他的事。

「……這是什麼意思？」猿渡壓抑怒氣，如此質問李。「是你們委託咱暗殺他的，幹嘛妨礙咱？」

「情況有變，會長指示必須活捉他。」

「別鬧了！」猿渡踢飛附近的鋼筋。

「這次你表現得很好。」面對李的慰勞，猿渡嗤之以鼻。他什麼也沒做，因為在緊要關頭被人攔截了。

「……你打算怎麼處置那小子？」

「等會長回來以後當面處刑。會長說要親手殺了他。」

「他什麼時候回來？」

「不清楚。」李歪了歪頭。「昨晚他和情婦在飯店過夜，不知道什麼時候回來。」

說完，李便轉過身，和幾個男人一起坐進車子揚長而去。

留下的只有猿渡和李的兩個部下。

「這是說好的酬勞。」

部下從車子的後車廂中拿出一個硬殼鋁箱放在猿渡的腳邊。

「檢查一下吧。」

對方催促，但猿渡動也不動。

「……你不打開來看看嗎？」

「嗯。」猿渡對錢沒興趣，就算裡頭全是假鈔，或是除了表面以外全是紙片，他也不在乎。

比起這件事——

「仁和加武士被帶去什麼地方？」

他詢問兩人。事到如今，他不能摸摸鼻子認栽。

部下們不約而同地搖了搖頭。

「怎麼可能告訴你？」

「嗯，就算割裂嘴也不能說。」

猿渡也猜到他們會這麼說。這是組織的祕密，豈能輕易透露？

「就算割裂嘴也不能說？」猿渡面露賊笑，如此反問。

「沒錯。」

「那就試試看吧。」

猿渡用右手迅速揮動忍者刀，把刀尖塞進男人的嘴裡往右削，割裂了他的嘴角，鮮血噴出來。

另一個男人一臉愕然，大聲尖叫著試圖逃走，但猿渡搶先一步堵住他的退路。

猿渡逼近男人，提出同樣的問題。

「就算割裂嘴也不能說？」

男人臉色大變。

「好，我說！我說就是了！」

他似乎認命了，雙腳一軟，跌坐在冰冷的混凝土地上。

「須、須崎町裡有我們組織的大樓，那棟大樓有隔音樓層，常用來拷問和處刑，仁和加武士八成也被帶去那裡。」

猿渡從男人口中問出大樓的地址後，便割斷他的喉嚨。

早上五點多，天色逐漸變亮，新田人在運河城附設飯店的十一樓套房裡。在寬敞的高級客房中，他坐在國王尺寸的床鋪上，等候某人的到來。

打開電視一看，正在轉播博多祇園山笠祭的實況報導。新田對於山笠祭興趣缺缺，不過他無事可做，便繼續看下去。

差不多該來了吧？在新田如此暗忖之際，一道敲擊聲響起。敲的不是門，而是窗戶。往窗外望去，只見一個穿浴袍的女人正在對新田揮手，長髮隨風劇烈翻飛。

新田瞪大眼睛。這裡是十一樓，他按照事前的約定在這個房間裡等候，但萬萬沒想到對方居然會從那種地方現身。

女人把窗簾打結充當繩索，從正上方的房間懸吊下來，浴袍底下似乎一絲不掛。

「好刺激的登場方式啊！就各種意義而言。」

新田一面苦笑一面打開窗戶，讓女人入內。

「妳突然約我在飯店見面，害我期待了一下，原來只是要我幫工作上的忙。」

「抱歉。」女人在房裡降落，微微一笑。

她的名字叫小百合，是新田熟識的殺手，比新田大了幾歲，長得很漂亮。

「暗殺華九會會長進行得如何？」

新田關上窗詢問。她剛剛在正上方的房間裡完成了這項工作。

「非常順利。再過三十分鐘，那些在房門前待命的部下就會發現屍體了。」小百合若無其事地回答，接著詢問新田：「東西呢？」

「我已經準備好了。」

說著，新田遞出一套飯店的員工制服給她，那是用來逃脫的裝扮。

小百合接過制服，不顧新田在場便大膽地脫下浴袍。

「等、等等，別在這裡換啊！」新田連忙撇開視線。

「沒時間了嘛。」

小百合泰然自若，手腳俐落地穿上制服。

「欸，小百合姊。」新田對她說道，視線依然向著別處。「要不要順便再接一個工作？老實說，有人委託我殺人。」

是前幾天的事。收到仁和加武士的目擊者尚有活口在世的消息後，新田便前往確認。那個目擊者是個女人，仍在服刑。她對前來面會的新田提出交換條件：她可以提供仁和加武士的身體特徵，但新田必須幫她殺掉某個男人。這項委託的期限已經快到了。

「工作很簡單，我會多給點酬勞的。」

「不要。」小百合一口拒絕。「我今天已經累了。新田，別老是使喚別人，偶爾親自動手如何？」

「我不擅長殺人嘛。再說，現在的位置比較適合我。」

向人下達指令，指揮調度。能夠隨心所欲地擺布無法力敵的人，新田對於自己現在的立場相當滿意。不但樂得輕鬆，喪命風險也很低。

「小百合姊本領這麼高，合作起來一定很開心。要不要趁這個機會和我搭檔？」

「我喜歡獨來獨往。」

「這樣嫁不出去喔。」

「而且，我不想跟這種喜歡挖苦人的男人搭檔。」

「唉，被甩了。」新田半開玩笑地說道。

「今天謝謝你，幫了我大忙。」

換好衣服後，假扮成飯店員工的小百合便打算離去。

「小百合姊。」新田叫住她，問了個問題。他對這件事有點興趣。「暗殺華九會首領這種荒唐的委託，到底是誰提出來的？」

小百合微微一笑。「一個荒唐的男人。」她只答了這麼一句，便關上房門。

再度落單的新田仰躺在床上，看著電視煩惱該找誰委託那件工作。他腦中突然浮現猿渡的臉孔。猿渡去殺仁和加武士之後便斷了音訊，莫非死了？就算還活著，猿渡向來討厭殺雜碎，鐵定不肯接下這個委託。

於是，新田打了通電話給下一個浮現於腦中的殺手。

「喂？權東先生，是我，新田。」

聊了幾句後，新田切入正題。「對了，我有件工作想拜託權東先生……」

權東一口答應。『新田先生拜託的事，我很樂意效勞。』

「我想請你殺掉某個男人。」

說著，新田用另一隻手操作平板電腦，寄出電子郵件。

「我已經把那個男人的照片傳到你的電腦。」

權東立刻確認郵件。見到附檔中的男人照片，他大吃一驚。

『這個男人——』

「……你認識？」

『對。』權東點頭。『是我常去的超商的店員。』

延長賽十一局上

林在一塵不染的佐伯整形診所診察室裡呼呼大睡。當他醒來時，日期已經改變，天色也亮了。

「……啊，睡得好飽。」

林坐起身子，舉起雙手伸展身體。體力大致恢復了，止痛藥似乎也發揮作用，身體變得輕盈許多，手腳動起來也比剛才輕鬆。

「傷勢如何？」

佐伯來到診察室詢問。

「還不壞。謝啦，醫生。」

佐伯不但幫忙準備屍體，還替林包紮，這份恩情以後可還不完了。

「不客氣，你沒事就好。」佐伯微微一笑。「傷口剛縫好，請別逞強。」

此時，他的手機響起。

「喂？哦，源造先生。咦？馬場先生嗎？他沒來。」說著，佐伯瞥了林一眼。「林先生倒是在這裡……咦？不，不是屍體，是活人。」

他們到底在說什麼？林歪頭納悶。

佐伯說道：「請等一下，我這就把電話拿給他聽。」並把手機遞給林。

林接過手機，放到耳邊。

「幹嘛？老爺子。」

『林！』源造的嗓門大得幾乎快震破林的鼓膜。『你還活著呀！』

「……啊？嗯，我還活著，活得好好的。」

『我收到你被拷問的照片，還以為你已經死了……』

哦！林恍然大悟，原來他看見了那具屍體。

「那是馬丁弄出來的啦。」

林說明了來龍去脈。他和忍者般的殺手對戰，被突然出現的雙人組綁走，後來幸運地遇上馬丁內斯，並在馬丁內斯的協助下逃走。

「——我已經接受醫生的治療，現在正在休息。」

『你沒見到馬場麼？』

「不，沒有。怎麼了？」

這次輪到源造說明。

據他所言，有人使用林的假屍體引仁和加武士出面。

「擺明了是陷阱嘛！」

是華九會幹的？還是那個叫潛水艇忍者的傢伙？

『我阻止過他，說林已經死了，去了也沒用。但為了把你的屍體迎回來，那小子還是去赴約了。』

居然做這種蠢事？林咂一下舌頭，皺起眉頭。屍體扔著不管就行了，何必多此一舉？

不，蠢的是我——林緊咬嘴唇。他失手被擒，害馬場身陷於危機中。

『後來他就沒回來，我也聯絡不上他。』

該不會被殺掉了吧？林有股不祥的預感。

「……我知道了，馬場的事交給我，我去找他。」

『你知道他在哪裡麼？』

「我有辦法。」

掛在馬場手機上的紅背蜘蛛手機吊飾，或許它能告知馬場的下落。

掛斷電話後，林立刻用自己的手機傳訊給榎田。

馬場暗想，這個房間好眼熟。

空無一物的寬敞出租櫃位，沒有窗戶，牆壁是隔音的；白色地板和柱子上處處殘留著暗紅色汙漬，八成是血跡吧。馬場去年來過這裡一次，這裡是位於須崎町的華九會名下大樓的拷問室。

「……傷腦筋。」

馬場在四下無人的樓層角落自言自語。

他想起了山笠祭。現在幾點呢？雖然束腹裡藏著手機，但他現在動彈不得，無法確認時間。

「我們的山車應該已經在跑了唄……」

若不儘快離開這裡，恐怕就趕不上追山。

然而，馬場現在插翅難飛，不但手腕被繩子綁住，人還被綁在柱子上。房間外頭有個全副武裝的男人看守，馬場的日本刀也在他手上。

就在馬場盤坐於地板上，正要舉白旗投降之際——

房間外頭有動靜。守衛的慘叫聲傳來，接著門打開，出現另一個男人。

「你是剛才的——」

那是剛才在工地交手的那個殺手，嘴巴用黑布蒙著，並且遮住面孔。他右手握著染血的忍者刀，走上前來朝著馬場揮刀。

男人切斷綁住馬場的繩子，馬場重獲自由。「……你為啥救我？」

「咱的目的是殺你。」男人若無其事地說道：「你死了，咱就殺不成了。」

他把日本刀扔給馬場。

「拿去。」

馬場接過，把刀鞘插進束腹裡。「謝啦。」

「快出去，先逃再說。」

男人用下巴指了指門口。

守衛倒在門前，似乎是男人殺的。

就在他們跨過屍體走出房間之際，正好和上樓的華九會小弟們撞個正著。「已經來啦？」男人咂了下舌頭。

小弟們察覺馬場他們，高聲叫道：

「你、你們在幹什麼！」

「是你放走他的？」

「喂！仁和加武士逃跑了！」

忍者男對著呼叫增援的小弟們扔出手裏劍。一枚、兩枚、三枚，但是連敵人的邊也沒碰著，全都插進天花板和牆壁裡。

「……控球真爛。」

馬場喃喃自語，身旁的男人齜牙咧嘴地說道：「囉唆！」

他又扔了一次，依然沒射中。對手趁機反擊，掏出槍來開火。

兩人一面閃避子彈，一面逃向樓上。

「你在瞄準哪裡呀！」在轟隆槍聲中，馬場罵道：「暴投的肉腳忍者！」

「囉唆！」對方開口反駁：「咱是慢熱型的！」

「根本沒進好球帶唄！」

「你看著，我會越投越順！」

「在那之前比賽已經結束了！」

兩人一面爭執一面跑上樓梯，小弟們也緊追在後。

來到最上層，有個通往頂樓的入口。敵人呼叫增援，變得更加人多勢眾，每個人都拿著裝了滅音器的手槍，毫不留情地開火。子彈接連襲來，兩人連忙衝到頂樓鎖上門，靠著厚厚的門板抵擋子彈。

天已經亮了。他們從頂樓環顧四周。大樓位於山笠祭的終點附近，正下方的街道上，一號山車正朝著終點在最後的直線道路上全力衝刺。

『嘿咻！嘿咻！』

即使位於頂樓，男丁們氣勢十足的吆喝聲、觀眾的歡呼聲、掌聲及灑水聲仍可聽得一清二楚。馬場一面傾聽大得足以蓋過槍聲的山笠祭喧騰聲，一面靜待敵人的攻勢止息。

『嘿咻！嘿咻！』

吆喝聲逐漸變大，同時，敵人的腳步聲也傳入耳中。

「來了。」

男人拔出忍者刀，進入備戰狀態，馬場也把手放到刀上。

大批黑衣人踹破門，湧上頂樓。

自從被殺手攻擊後，齊藤便決定辭掉打工。他打算在下一個刺客出現前銷聲匿跡，然而店長拜託他：「店內人手不足，至少做到今天。」因此齊藤只好勉為其難地上班。

下班後，重松會來接他回家。

通知客人來店的旋律響起，齊藤把視線從商品架移向自動門。

「歡迎光臨。」

一個身穿西裝、戴著墨鏡的男人走進沒有客人的超商裡。一看見男人熟悉的身影，齊藤的臉上便露出笑意。

「啊，權東先生，歡迎光臨。」

平時他總是穿著風衣，今天卻不同，大概是耐不住七月半的炎熱吧。

正當齊藤打算為了前幾天的事道謝之際——

「抱歉。」權東走到齊藤面前，開口說道：「這也是工作。」

「——咦？」

權東的右手拿著刀子，朝著齊藤揮落。

「嗚哇啊！」

齊藤及時閃開。他沒頭沒腦地做什麼？齊藤瞪大了眼睛。

權東繼續攻擊。

「咦？等、等等，為什麼突然——」

前幾天從搶匪手中救了齊藤一命的人，今天竟然要殺他，齊藤一頭霧水。究竟是怎麼回事？莫非這個男人也是殺手？是 Murder Inc. 派來的刺客？

總之，先逃再說。齊藤衝出超商，拔腿疾奔。

誰來救救我——齊藤拿起電話就打，首先是打給馬場，但是打不通；接著他又打給林，同樣無人接聽。

「救救我，有殺手在追我！」

好不容易打通的次郎卻拒絕：『對不起，我現在分不開身。』

接著是馬丁內斯，他也說：『抱歉，我有工作。』

再來要向誰求救？重松？大和？或是佐伯？齊藤邊跑邊思考。此時，他看見一個頂著金色蘑菇頭的男人走在行人穿越道的另一頭。

——是榎田。

光是看到熟面孔，就讓齊藤鬆一口氣，眼淚幾乎奪眶而出。齊藤舉起手來，跑上前去。「榎田先生！」

「啊，這不是齊藤老弟嗎？」

榎田停下腳步。「怎麼了？慌慌張張的。」

「救救我！有殺手在追我！」齊藤高聲說道。回頭望向背後，只見權東的身影出現在行人穿越道的另一頭。「哇～～！他來了～～！」

「……呃，開玩笑的吧？」

榎田皺起眉頭。

「拜拜，我很忙，先走一步。」

榎田背對齊藤，拔腿就跑。

「等、等一下！別丟下我！」

齊藤連忙追上去。不愧是本隊的第一棒打者，腳程很快，為了避免被拉開距離，齊藤拚命跟上。

榎田邊跑邊回頭說：「喂，你幹嘛跟過來啊！」

「別見死不救～～！追根究柢，都是你害的耶～～～～！」

「干我屁事！」

齊藤追著逃之夭夭的榎田，權東又追著齊藤。

當他們跑過運河城邊的道路時——

「啊！源造先生！」

齊藤發現源造拉著攤車走在道路的另一側。

「源伯，救命啊！有人在追我們！」榎田奔向源造。

「你們兩個怎麼啦？慌成這副德行。」

齊藤也追上來，連珠砲似地說明事情經過。

「我本來想向馬場先生求救，可是電話打不通……」

「當然打不通，馬場和林現在都分身乏術。」

「怎麼會……」齊藤用可憐兮兮的聲音哀嘆著。

「你說的殺手就是那傢伙？」

源造指著權東問道，權東已經來到近處了。

齊藤點了點頭。「快點逃——」

徒負前殺手虛名的懦弱超商店員，一看就知道不擅長打鬥的蘑菇頭室內派青年，還有稍微一動就可能閃到腰的老頭，這三個人就算一起上也敵不過對手。

如果馬場或林在就好了。

正當齊藤如此暗想——

「包在我身上。」源造捲起T恤的袖子。「我來代打。」

今天是次郎經營的酒吧「Babylon」一週一次的公休日。酒吧休息，復仇專家卻是全年無休，討論完工作事宜後，次郎他們離開了酒吧。

「知道嗎？美紗，要照著事先說好的去做喔。對方是雙人組，別大意。」

「我知道啦。」

美紗紀不耐煩地回答。

次郎和美紗紀手牽著手前往約定的地點。半路上，他們和一群濕漉漉的短褂男子擦身而過。

「這麼一提，今天是追山呢。說到山笠祭，我就想到Ｇ．Ｇ。」

「Ｇ．Ｇ是什麼？」美紗紀仰望次郎問道。

「殺手，聽說是入行三十年的資深殺手，因為在山笠祭傷到腰，所以在十年前引退了。」

「他很厲害嗎？」

「當然。」

「和小善比起來，誰比較厲害？」

美紗紀口中的「小善」，指的是熟人馬場善治。

「唔……」次郎撫摸山羊鬍，歪頭思索。「這個嘛……這是很難回答的問題。就好像有人問妳『一朗和巴斯誰比較厲害』，妳也答不出來吧？」

「我不懂你的意思。」

「就是『雙方都是很厲害的選手』的意思。」次郎微微一笑。「仁和加武士和G．G都是本領高強的殺手，無法比較。」

「唔……」美紗紀喃喃說道。

次郎他們背對著中洲攤販街，走過春吉橋，朝天神方向前進。

「G．G的名字有兩種由來。」

次郎繼續閒聊以消磨時間。

「聽說他天生就長得很老成，朋友都叫他『老頭子（zizii）』，後來漸漸地就變成『G．G』。這是第一種由來。」

「另一種呢？」

「是縮寫。」次郎眨了個眼。「『剛田源造（Gouda Genzou）』的姓名縮寫。」

「……好、好厲害。」

齊藤倒抽一口氣。

勝負在一瞬間便決定。源造迅速鑽進襲來的權東懷裡，給了他一擊，動作矯捷得絲毫不像是六十歲的男人。

這個叫做源造的男人，究竟是何方神聖？就在齊藤因為驚訝與感嘆而呆愣在原地之際——

「不愧是傳說中的殺手G．G。」榎田嘴角上揚。「真是寶刀未老。」

「再怎麼捧我，也沒好處可拿啦。」

源造靦腆地搔了搔臉頰。

「咦？源造先生以前是殺手嗎？」

齊藤完全不知情。

「那已經是過去的事了。」源造回答，把視線轉向權東。「好啦，該怎麼處置這個男人？」

權東單膝跪地，似乎已完全喪失戰意。

「不如乾脆殺掉他吧？」榎田面露賊笑。

「請、請等一下！」

齊藤連忙制止。

「老實說……這個人之前救過我。」

齊藤說出他之前遇上搶匪的事。

這個男人應該不是壞人。剛才他要殺齊藤的時候，也說了句「抱歉」，可見他其實不願意這麼做。或者該說，齊藤希望是如此。

「總之，先聽聽他的說法唄。」源造說道，詢問權東：「你為啥追殺這小子？」

權東老實回答這個問題：「是一位對我有恩的人拜託我。」

喬治·權東本來是個極為平凡的上班族，和美麗的妻子生下一個女兒，住在透天厝裡，養了隻柯基犬，可說是隨處可見的普通幸福家庭。

這樣的幸福在一年前瓦解，七歲的女兒心臟出了問題，病名是限制型心肌病。查詢過後，權東得知治療這種疾病需要很多錢，為此籌集資金的病患家屬不在少數。

有沒有什麼能夠賺大錢的工作？只要能夠籌到錢，就算犯法也無所謂。為了女兒，權東願意做任何骯髒事。他一心想救女，最後找到的方法，是一個叫做「地下求職網福岡版」的地下網站。

這個網站上有各種犯罪相關的留言，例如殺人委託、銀行搶匪招募、毒品交易。權東點開其中一則留言，標題是駭人的「請幫我殺人」，內容寫著祖母老人痴呆，難以照料，希望有人殺死她，酬勞是五十萬。這是權東頭一件殺手工作。

在權東從上班族轉行為殺手的兩個月後，女兒的病情惡化，醫生說只剩一年的壽命，再不快點動手術就來不及了。

現在沒時間慢慢掙錢，權東不知如何是好，苦惱至極。而在去年冬天，有個男人接近權東。那是個名叫新田巨也的青年，自稱是殺手顧問。

權東向新田徵詢工作上的建議。聽完權東的遭遇，新田無情地點出事實。

『沒有暗殺技術和才能的你就算當殺手，一年頂多只能賺一千五百萬到兩千萬。』

權東失落不已，就像是被奪走了所有希望。

然而，新田繼續說道：

『不過，這不代表你賺不到一億圓。交給我，我一定會滿足你的需求。』

他是個可疑的男人。雖然戴著銀框眼鏡、穿著夾克和卡其褲，打扮得一派瀟灑，但畢竟還是個毛頭小子。這種來歷不明的男人所說的話，真的可以輕易相信嗎？

不過，權東沒有多餘的心力懷疑，只能抱著死馬當活馬醫的心態和新田訂下顧問契約。

『以後工作的時候，請穿上這套衣服。』

說著，新田遞給權東一套西裝和風衣。

『從前這座城市有個叫做G．G的殺手，十分活躍，他號稱是歷代最強的去粉級殺手，非常厲害，但在十年前突然銷聲匿跡。當時各種臆測滿天飛，有人說他被殺了，有人說他遠走高飛。G．G的註冊商標是米黃色風衣，聽說他總是穿著西裝，外加這樣的風衣。』

『該不會……』權東喃喃說道。

『沒錯，從今天開始要請你冒充G．G，假扮成重操舊業的G．G徵求工作。G．G是歷代最強的殺手，一定會有鉅額委託上門。』

若是冒充G．G，上門的鐵定都是些高難度委託，沒有技術也沒有才能、只能殺害無力老年人的自己豈能完成去粉級的工作？權東老實說出自己的疑慮。

『別擔心，你什麼也不用做。打個比方，你冒充G．G接了酬勞一千萬圓的暗殺委託，接著，你就用五百萬圓委託其他殺手來做這件工作。這個城市裡多的是便宜又高強的殺手，你就靠著價差賺錢，原理和股票差不多。』

實際上，新田的計畫相當成功，僅僅半年，權東便賺了五千萬圓。多麼優秀的顧問啊！權東感激涕零。權東的風聲也逐漸傳開了。順道一提，喬治·權東當然是假名，是新田要他如此自稱。

『只要打響名號，不久就會有大組織找上你，他們付的酬勞高得足以讓你支付令嬡的手術費和慶祝手術成功的環遊世界旅行費還有找。』

不知不覺間，權東對於新田的話變得深信不疑。

然後，上個禮拜——

『終於有大委託上門了，是個叫做華九會的跨國黑道集團，他們指名要委託你，訂金是一億圓。這樣就能達成目標金額了。』

打從一開始權東就沒有暗殺仁和加武士的打算，他的目的只有訂金。

不過，如果拿了訂金就逃走，必然會被華九會追殺。這幾天，權東四處奔走收集情報，並在地下網站懸賞仁和加武士的人頭，藉此欺瞞華九會的耳目。

這樣的日子只到今天為止，華九會抓住了仁和加武士，解開權東的腳環。如今已達到目標金額，權東用不著繼續冒充G・G，也可以和這件風衣說再見。

今天清晨，權東和新田通電話，感謝新田這段日子以來的幫助。

『新田先生，真的很謝謝你。多虧你，我才能賺到足夠的錢。』

『太好了，這樣令嬡就有救了。』

接著，新田換了個話題。

『對了，我有件工作想拜託權東先生……』

女兒生了重病，為了賺取手術費成為殺手，並在某個男人的協助下冒充G．G，賺得大筆錢財，而這個有恩於己的男人拜託他暗殺齊藤——三人圍著權東，聽他說明事情的原委。

「原來如此，是這麼一回事呀。」源造沉吟。

聽完這段故事，就連被追殺的齊藤都不忍心責備權東。

然而，不能放任事態發展下去。權東已經接下暗殺齊藤的工作，他必須回報恩人的恩情，可是，齊藤也不能乖乖被殺。

怎麼辦？就在齊藤煩惱之際——

「我有個好主意。」榎田一臉開心地說道：「其實還有其他殺手想要齊藤老弟的小命。」

他說的應該是Murder Inc. 派出的刺客。

「就算放著不管，齊藤老弟一樣會被殺掉，到時你就跟你的委託人說『被別人搶先一步』就好了。」

聞言，齊藤臉色發青。

「等、等一下！你是要我乖乖被殺嗎？」

榎田露齒而笑，拍了拍齊藤的肩膀。

「別擔心、別擔心，剩下的交給我，我會好好處理。」

延長賽十一局下

這是源造給予的最後一次機會，非得成功不可——安倍如此告誡自己。這大概是安倍打從新人時期以來頭一次這麼有幹勁。他帶著山本前往委託人等候的公園。

約定地點有個高個子男人和小女孩，莫非是父女？但長得不太像。小女孩背著書包，大約是小學低年級的年紀。帶著小孩前來赴約的委託人挺少見的。

安倍把車子停在公園前，先行下車，山本也隨後跟上。

男人一察覺他們便笑著自我介紹，低頭致意。

「我是委託人田中。」

就在雙方正要進入正題時，小女孩拉了拉田中的衣服說：「欸，陪美紗玩嘛。」

「美紗紀，不行，爸爸要談工作，妳先到旁邊去。」

「咦？不要，來玩嘛～」

小女孩耍起性子來了。然而，田中依然不理不睬。

這回小女孩找上安倍。「欸，叔叔，陪美紗玩。」

「咦？」是叔叔啊？安倍面露苦笑。

「拜託，來玩嘛～」

安倍並不討厭小孩，成為殺手之前，他甚至想過以後要生個女兒。

「好啊。」安倍擠出笑容。

小女孩高聲歡呼：「哇！」開心地舉起雙手。

「抱歉，我沒把孩子教好。」田中惶恐地說道。

安倍在小女孩面前蹲下，配合她的視線高度。「要玩什麼？」

「──醫生遊戲。」小女孩的聲音突然變了，變得低沉、成熟又冰冷。

她的小手伸向安倍的脖子。「美紗是醫生，叔叔是病人。」

「……咦？」

脖子突然刺痛一下。

──她剛才用什麼刺我？

有個東西插在脖子上，安倍伸手拔掉那樣東西。是針筒，裡頭還留有些許液體。

──該不會是毒液吧？

身體產生異狀，安倍失去力氣，上半身緩緩倒向前方。那是種不可思議的感覺，意識雖然清楚，全身上下卻麻痺了，身體不聽使喚、四肢無力。

「沒事的，放心吧，只是肌肉鬆弛劑而已。」田中開口說道，語氣和剛才截然不同。他拿出槍來指著山本。「別動。」

「你、你們是誰？」事態朝始料未及的方向發展，山本慌了手腳。「想做什麼！」

「我們是復仇專家。」

復仇專家？不是委託人嗎？安倍終於明白了。原來如此，他們中了圈套，源造說要再給一次機會全是騙人的。

「你們殺了飯塚忠文先生，對吧？現在是嘗到報應的時候。」

田中說道，下一瞬間──

「啊！」小女孩喃喃說道：「他逃跑了。」

正如小女孩所言，山本逃跑了。他轉身溜之大吉，扔下倒在地上的安倍。

安倍凝視著山本的背影，氣憤難當。怎麼會有這種人？過去他一直沒有捨棄山本，山本卻這麼輕易地背叛他嗎？真是個窩囊廢。安倍的情感突破憤怒和懊惱，來到傻眼的境界。他恨不得對著山本的背影破口大罵，但發不出聲音。

「喂，站住！」田中大叫。

他身旁的小女孩說了句駭人的話。「乾脆開槍射他吧？」

「不行啦，要是不小心殺了他怎麼辦？」田中拔足追趕山本。

這時山本已經坐進車子裡，發動引擎踩下油門，把車開上馬路。

就在山本打算溜之大吉的下一瞬間，一道巨大的聲音響起。

山本駕駛的旅行車被另一輛車攔腰撞上。

撞上他的是一輛黑色ＳＵＶ。沒有剎車聲，活像原本就是衝著山本撞過去，是種毫不遲疑的駕駛方式。

旅行車改變方向轉了一圈，車身左側留下一個大凹痕。山本駕駛的車整個彈開，直到撞上另一側的護欄才停下來。

一個高大黝黑的男人走下ＳＵＶ的駕駛座。安倍對那副不似日本人的外貌有印象，是那個黑人拷問師。

拷問師緊握拳頭，並朝天空高高舉起。

「——知道厲害了吧？混蛋。」

復仇專家見狀也大吃一驚。「哎呀，討厭，這不是馬丁嗎？你在做什麼？」

「哦？是次郎啊，連美紗紀都在。」聽他們的口氣，似乎彼此認識。「你們呢？在這種地方幹嘛？」

「工作啊，工作。」被稱為次郎的人妖男回答：「男友被這兩個傢伙殺掉的女孩委託我復仇。」

「我也是工作，就是你們之前轉給我的復仇委託。那場車禍的肇逃犯就是這兩個傢伙。」

「哎，真巧啊。」

「我本來是打算輕輕撞一下就好……好像撞得太猛了一點。」拷問師摸了摸他的光頭，面露苦笑。

「小馬。」小女孩奔向拷問師。「你來得正好。」

「美紗紀。」喚作小馬的男人只用一隻手便輕輕鬆鬆地抱起小女孩。「妳也來幫次郎的忙啊？真了不起。」

「我用肌肉鬆弛劑把那個人擺平了。」小女孩得意洋洋地指著安倍。

「真有妳的。」他摸了摸小女孩的頭。

就在這時候——

「咦？」

另一個男人的聲音傳來。

「大家聚在這種地方幹什麼？」

一個看似牛郎的年輕男人出現在公園。

仔細一看，是先前在那珂川邊的路上和安倍相撞的男人。

「哎呀哎呀，連大和都來了。」次郎大吃一驚。這個男人好像也和他們相識。

被撞上的山本似乎並無大礙，他勉強打開車門下車，跌到地面上。

「嗚……嗚嗚……」

山本趴在地上呻吟，不知是撞到什麼東西，頭部血流如注。

「好痛……救命啊……救護車……」

名叫大和的男人指著山本。

「這個男人可以借我一下嗎？」

說著，他走向倒在地上的山本，摸索山本的懷裡，擅自從口袋裡搶走皮夾，抽出大鈔。

「啊，太好了，這下子十萬圓湊齊了。」

見狀，次郎他們都瞪大眼睛。

「討厭，你在做什麼？」

「你明明是扒手，這樣未免太明目張膽了吧？」

大和說明原委：「是林委託我的，叫我幫他把錢搶回來。聽說這兩人冒充仁和加武士詐欺訂金，源造老爹說要把他們約出來，所以我就事先埋伏，扒走皮夾，可是皮夾裡只有六萬圓。」

聽了這番話，安倍才知道自己的皮夾被偷。沒想到那時候皮夾居然被扒走了。

「幸好我為了安全起見，在扒走皮夾的時候順便放了發訊器。我就是為了從另一個人身上補足剩下的四萬圓才追來這裡。」大和瞥了大大凹陷的旅行車一眼，面露苦笑：「沒想到會鬧得這麼大。」

僅僅兩個男人便槓上整個華九會。

雖然只有兩人，但一個從前是Murder Inc.東京總部的王牌殺手，另一個是福岡最強的「殺手殺手」，他們宛若在互相較勁一般，一個接一個撂倒敵人，區區三十個黑道成員根本不是他們的對手。

「不用活捉了！快點殺掉他們！」

李高聲下令。他原本一派從容地看著手下戰鬥，但隨著己方人數減少，他漸漸地顯露焦慮之色。

子彈用盡的男人們手持短刀攻向前來，這麼做就和赤手空拳無異，但猿渡並未減緩攻勢。

就在敵人只剩下五、六人之際——

「不好了，李先生！」一名看似部下的男人來到頂樓，慌慌張張地奔向李的身邊，對他附耳說了幾句話。

「……什麼？」一直冷著臉的李倏然神色大變，瞪大眼睛。「會長被殺了？」

聽見李的喃喃自語，周圍的手下也跟著動搖，現場一陣譁然。

「……這是怎麼回事？在一起的女人呢？逃走了嗎？」

「不、不清楚……總之，請您過來！」

李說了句：「走！」便轉過身背對猿渡等人，拋下死屍逃也似地離去，還活著的幾個小弟也尾隨其後。

「……搞什麼，這樣就結束啦？」猿渡大感洩氣，望著他們的背影啐道：「真無聊。」

留在現場的只剩猿渡、仁和加武士以及大量屍體。刀刃相交的金屬聲與男人的慘叫聲也隨之消失，久違的寂靜包圍四周。

仁和加武士還刀入鞘，和李等人一樣，打算離開現場。

「——喂！」猿渡叫住他詢問：「你要去哪裡？」

「再不快點回去，追山就結束了。」

「有什麼關係？咱們自己玩自己的就行了。再說，咱還沒打夠哩。」

「我沒時間陪你玩。」

仁和加武士再度邁開腳步。

「等等！」

猿渡朝著他的頭扔出苦無，苦無飛過他面前，刺中前方的牆壁。

仁和加武士停下腳步，緩緩回過頭來。「幹啥？很危險呀。」

「別想逃。」

「我沒有逃。」仁和加武士嘆了口氣，聲音有些焦躁。「改天我再陪你玩，今天先讓我回去，行麼？」

「你嘴上這麼說，其實就是想逃吧？根本是怕輸。」

仁和加武士歪唇而笑。「……怕輸？這話可有意思了。」

他似乎總算有意一戰，再度拔出日本刀，雙手握柄高高舉起，活像拿著球棒，架式十分獨特。

『嘿咻！嘿咻！』

『嘿咻！嘿咻！』

祭典的吆喝聲迴盪，下一台山車似乎來到附近的路上。

「放馬過來吧！呆瓜臉。」

猿渡露出挑釁的笑容。仁和加武士動了，左腳蹬地，往前踏出一步。

猿渡也跟著動了。

「看招！」

首先是代替打招呼的手裏劍，猿渡連續扔出五枚，仁和加武士則用精準的步法閃過手裏劍。

「……挺厲害的嘛。」

猿渡瞪大眼睛，同時歪唇而笑。有意思。

這回輪到對手進攻，仁和加武士揮刀砍來。這一刀相當迅速，猿渡拔出忍者刀格擋，卻無法完全抵銷威力，被逼得往後踉蹌幾步。

對手又乘勝追擊，繼續揮刀。猿渡使出一記上踢，讓刀尖偏離自己的身體，並用單手抵著地面往後翻滾，閃避攻擊。

猿渡緊接著出刀，仁和加武士挺刀格擋，火花四散、白刃相接，雙方使力較勁，刀身喀鏘喀鏘地抖動著。

猿渡趁機用左手上的刀鞘刺向對手的心窩。

「嗚！」

仁和加武士微微呻吟，身子一晃，單膝跪地。

他渾身上下都是空隙，好機會！

猿渡反手握刀，刺向對手的喉嚨。下一瞬間——仁和加武士及時從腰間抽出日本刀鞘，並用鞘口接住忍者刀的刀尖，猿渡的刀就這麼被收進對手的刀鞘中。

被攔了一道，對手居然用這種出人意表的方法擋住攻擊，還奪走自己的刀，猿渡不禁露出笑容。

「哈哈……你真的很厲害哪！」

仁和加武士立即重整陣腳，攻向猿渡，使出銳利的刺擊。情急之下，猿渡抓起身旁的男屍當盾牌，仁和加武士的刀貫穿華九會男人的頭顱。

在下一刀刺來之前，猿渡放棄刀子，拉開距離退到對手的攻擊範圍之外，迅速跳到隔壁大樓的頂樓。

仁和加武士把猿渡的武器連著自己的刀鞘扔在一旁，亦隨後跟上。他助跑一段距離後縱身一跳，滾落到隔壁頂樓的地面。

猿渡從上衣裡取出苦無，竄進對手的懷裡，手臂往上一揮刺向喉嚨。對手及時避開，苦無的尖端掠過仁和加面具，表情滑稽的面具裂成兩半，掉落在地。

對手也反擊了，在極近距離揮動日本刀，猿渡用苦無抵擋卻被彈開，刀尖劃過他的臉頰，蒙住嘴巴的黑布也因為這道衝擊而破裂。猿渡粗魯地扯下黑布，扔到地上。

雙方在明亮的天空下露出廬山真面目，仁和加武士是個比想像中更為年輕的男人。

「哦？」猿渡瞪著對手，嘴角上揚。「長得還不賴嘛。」

「彼此彼此。」仁和加武士也回以笑容。

『嘿咻！嘿咻！』男丁的吆喝聲依舊響徹四周，觀眾的歡呼聲和掌聲也跟著傳來。看來喧騰是不會平息了。『嘿咻！嘿咻！』

兩人繼續交戰。猿渡雙手拿著苦無衝向對手，接二連三地出招攻擊，仁和加武士一面後退一面閃避。

猿渡先是一記橫掃，又在手中旋轉苦無，反手握住，瞄準對手的要害，拉近距離刺向心臟。仁和加武士縮身閃躲，苦無沒有刺中心臟，但是刺進了側腹，白色短褂被血染紅。手感微弱，苦無刺傷的傷口想必很淺。

對手也做出反擊，日本刀掠過猿渡的肩膀。

「好痛！」猿渡痛得皺起臉龐，咬緊牙關，身體晃了一晃。

仁和加武士旋身揮刀，猿渡試圖用雙手抵擋，但無法抵銷對方的力道，苦無被彈開來了。

仁和加武士逼近手無寸鐵的猿渡。

可惡！猿渡咂了下舌，退向後方。他摸索口袋，確認還有多少暗器。內袋裡只有一枚四方手裏劍，這是最後一枚。

問題在於該在什麼時機使用它。

猿渡環顧周圍。旁邊有棟改建中的建築物，猿渡毫不遲疑地跳過去，降落在狹窄的鷹架上。那是寬約一公尺、長約十公尺的鐵板，很不穩定。仁和加武士也追了上去。

『嘿咻！嘿咻！』

『嘿咻！嘿咻！』

吆喝聲越來越大，兩人在狹窄的鷹架上靜靜瞪著彼此。

仁和加武士往前踏出一步。

就是現在！猿渡咬緊牙關，扔出最後的手裏劍。他瞄準的不是容易閃躲的頭部或腳部，而是軀幹。這是一記正中直球。

仁和加武士閃躲手裏劍的那一瞬間就是機會，趁他失去平衡的時候撞向他，把他推下大樓——這是猿渡打的算盤。

然而，仁和加武士並未閃躲手裏劍。

他用雙手握住日本刀，身體轉向側面，抬起左腳往前跨步，扭轉腰部縮起手臂，大刀一揮。

鏗！金屬聲響徹四周。

不會吧？猿渡瞪大眼睛。這小子居然把手裏劍打回來，太扯了吧！猿渡不敢置信。

自己扔出的手裏劍被硬生生地改變軌道，飛向自己，猿渡不禁咋舌。

——混蛋，投手強襲球是吧？

結果失去平衡的是猿渡自己。

為了躲開手裏劍，猿渡的身體傾斜，腳也跟著從鐵板上滑落。糟糕——猿渡暗叫不妙，他會掉下去。身體往下墜落，逐漸被吸向地面，下方是混凝土地，絕對死定了。從這個高度摔落地面，鐵定是當場死亡。好虛的死法——雖然處於這種狀況，猿渡卻忍不住笑了。

猿渡幾乎放棄希望，但還是在墜落途中伸出手臂，抓住外露的鋼筋。猿渡的身體停留在半空中，只靠右手支撐全身體重。然而，由於剛才的肩傷，他的手臂使不上力，支撐不住自己的重量，指尖不斷顫抖。

——啊，不行，咱撐不住了，還是會掉下去。

就在他即將再次放棄希望時——

「喂~你沒事唄~？」

仁和加武士的悠哉聲音從上方落下。

「你等等～」

說著，他抽出掛在腰間的繩子。

「來，抓住這個唄。」

仁和加武士朝著猿渡放下繩子。

「……你幹嘛這麼做？」

「我欠你一份人情。」

「咱可不是為了賣你人情才救你的！」猿渡厲聲說道。

一陣風吹過，猿渡吊在大樓下，身體左右搖晃。

「咱輸了就是輸了，用不著你同情。」

「那可不成。」仁和加武士相當固執。

「夠了，別管咱！」

「要是你掉下去，會妨礙山笠祭的。」

聞言，猿渡猛然省悟。

他把視線移向地面，身穿短袖的一群人奔馳而過的身影映入眼簾。

『嘿咻！嘿咻！』

『嘿咻！嘿咻！』

扛著山車的男丁經過猿渡正下方，如果猿渡掉下去便會撞上他們，屆時必然會引發一場大騷動，祭典也會因此中斷。

「所以今天就算我們平手唄。」

仁和加武士微微一笑。

「混蛋。」猿渡咂了下舌。賣什麼人情？

猿渡用雙手抓住繩子，仁和加武士吆喝一聲「嘿」，把猿渡的身子拉上來。

「……下次見面，咱會給你那張呆瓜臉一擊，做好心理準備吧。」

猿渡爬上鷹架，恨恨地說道。他一定要把手裏劍插在那對下垂的眉毛之間，讓仁和加武士後悔救了他。

猿渡如此暗想，轉過身去。

「我拭目以待。」

仁和加武士笑了。

猿渡循著原路折返，在路上撿起剛才扔掉的黑布，摀住肩頭的傷口，一面止血一面走下樓梯。他的手臂在發抖，不光是因為疼痛的緣故，還有興奮。他的血液在沸騰，身體的熱氣仍未冷卻下來。這是當然的，他從未遇過那樣的男人。打從出生以來，這是他頭一次覺得別人很厲害。

走出華九會的大樓時，猿渡發現手機有來電。

他按下通話鍵。「……喂？」

『啊，猿仔～』

新田的聲音傳來。

『一直聯絡不上你，我好擔心啊～我還以為你和仁和加武士決一死戰後死掉了呢……哎，既然你還活著，代表你贏了吧？』

「不。」猿渡搖了搖頭。「平手。」

『咦？是嗎？怎麼回事？』

新田大感意外。

「欸，巨。」猿渡露出白皙的牙齒笑道：「這座城市還挺有意思的嘛。」

延長賽十二局上

透過ＧＰＳ紀錄，林查出馬場的下落。馬場人在須崎町，華九會名下大樓隔壁的建築物。

林撥開山笠祭的觀眾，趕往馬場身邊。他一抵達目的地大樓便迅速衝上樓梯，仔細檢查每個樓層，但完全不見馬場的蹤影。

林來到最上層，打開通往頂樓的門。

一個男人佇立於視野開闊的頂樓正中央。男人身穿白色短褂和丁字褲，右手拿著日本刀，即使從遠處也看得出那是馬場。

怎麼，原來還活著啊？林稍微鬆一口氣。雖然短褂染了血，不過馬場似乎安然無恙。

林環顧四周。許多身穿西裝的男人以不同的姿勢倒在隔壁大樓的頂樓，八成是華九會的小弟。絕大多數都流著血，似乎已經死了。是馬場幹的？他在隔壁大樓和那幫人交戰之後，才跳到這棟大樓嗎？

正當林暗自尋思之際，馬場察覺了他的氣息，轉過頭來。

「呀，小林。」他的聲音依然是一派悠哉。「你在這裡幹啥？」

「你還問啊……」

是來救你的，受老爺子之託——在林打算如此回答時，馬場的背後有人影閃動。

「馬場！」林叫道：「後面——」

一個男人從隔壁頂樓的屍山中站起來，原來還有活口。他的頭部流血，搖搖晃晃地舉起槍，眼看著就要開槍。馬場及時舉起日本刀。槍聲響了，馬場試圖用刀刃抵擋子彈，但他揮刀過慢，子彈的威力贏了，刀被彈開。刀柄脫離馬場的手，刀子彈飛到林的腳邊。

僥倖未死的男人繼續攻擊手無寸鐵的馬場。

林拿出匕首槍打算掩護馬場，但是這把槍的有效射程頂多只有五到十公尺，而那個男人和林之間的距離足足有兩倍多，從這裡開槍，打不中男人的可能性很高；就算運氣好打中了，恐怕也無法造成致命傷，只會浪費為數不多的子彈。

該怎麼辦？林急得六神無主。

馬場察覺林舉起槍卻遲疑著是否該扣下扳機。

「嘿！」

馬場大叫，舉起了手。

馬場正好位於林和敵人中間，距離男人不到十公尺。從馬場的位置開槍，子彈或許打得中對方。

男人再次開槍，槍聲接連響起。馬場跑向旁邊，閃過了子彈。

林用右手握住匕首槍，配合馬場的動作扔出去。

武器飛向馬場的胸口，是記準確的傳球。馬場用雙手接槍後換到右手上，正好和接到游擊手傳來的球之後投向一壘的動作一模一樣。馬場的身體轉了半圈，舉起槍來，槍口對準男人扣下扳機，三道槍聲響起。

子彈準確地命中心臟附近，敵人應聲倒地。

馬場朝著匕首槍的槍口吹了口氣，嘴角上揚。

「……光著屁股耍什麼帥啊？」

林聳了聳肩。

『嘿咻！嘿咻！』

『嘿咻！嘿咻！』

正下方的道路上，和馬場一樣穿著短褂的男丁正扛著山車奔向終點。

「唉！」馬場抓了抓頭，懊惱地皺起臉龐。

「沒能趕上山笠祭。」

他看起來失望透頂。

「有什麼關係？明年還有啊。」

林難得出言鼓勵，馬場卻嘟起嘴說：「不是這個問題。」

馬場戀戀不捨地望著遠方，突然唱起歌來。

「恭祝～幼松～」

「那是什麼歌？」

「〈恭祝歌〉。」

「恭祝歌？」

「博多的祝禱歌，在山笠祭開始時唱的。」

「哦。」

「枝繁～葉茂～」

馬場一面拍手，一面哼著這首歌詞奇妙的歌曲。他的側臉看起來很落寞，來不及參加山笠祭對他而言似乎是個很大的打擊。

「……肚子好餓。」林提議：「吃碗拉麵再回去吧。今天這頓就由我請客。」

「來！大家別客氣，盡量吃、盡量喝！」次郎高聲說道：「今天是林請客喔！」

次郎帶頭乾杯，除了林以外的在場眾人都跟著鼓譟。

「乾杯！」

林望著杯子互相碰撞的光景，嘆了口氣。

業餘棒球預賽即將展開，大家舉辦了團結餐會，場地是常見的連鎖居酒屋。他們訂了個大包廂。

替餐會買單的是林。九個豚骨拉麵隊的成員、教練源造和次郎的家眷美紗紀，共計十一人的餐飲費都得由林獨自負擔。這是先前練習賽的懲罰，最沒建樹的人必須請所有人吃飯。

「不好意思～」馬場叫住店員。不知幾時間，他的啤酒杯已經空了。「再加點一杯生啤酒～」

「啊，我也要。」

「我也要。」

「生啤酒三杯～」馬場豎起三根手指，接著又指向菜單。「還有這一頁的食物全都送過來。」

「喂，馬蠢！」林忍不住扯開嗓門。他是打算吃多少啊？林瞪著馬場。仗著別人出錢就得寸進尺。「你客氣一點行不行！」

每個人都大肆喧鬧，包廂始終維持熱鬧的氣氛，尤其是坐在中央的馬場、大和與次郎，啤酒一杯接一杯，喝得醉醺醺，十分開懷。大和更是誇張，每次點餐的時候都向女店員要電話號碼。

坐在邊緣的榎田和重松正在討論工作。林的右邊坐的是重松，對面是榎田。

「對了，」榎田詢問：「聽說華九會的會長死了？」

「是被毒殺的，毒殺。」重松喝了口燒酒回答：「他的頸動脈一帶有道不滿一公分的刺傷，八成是從那裡下毒的。聽說凶手是個女殺手。」

「這是真的嗎？」林大吃一驚。居然有人能輕易殺掉防備如此嚴密的王龍芳，究竟是用了什麼手段？

「刺傷……凶器是什麼？」林歪頭納悶。要和王獨處，必須先通過嚴密的安檢，照理說，應該無法夾帶任何武器才是。

「驗屍結果顯示，傷口上有硝化纖維素和甲苯殘留。」

聽了重松這番話，榎田面露賊笑。「是指甲油的成分。」

「原來如此。」林高聲說道。指甲油的成分，不滿一公分的傷口——他知道凶器是什麼了。「是假指甲？」

假指甲片有各種類型，包括標準的橢圓形、圓滑的圓形、方方角角的方形，還有前端尖銳的尖形。

只要在尖形指甲的前端藏毒，便可成為不折不扣的凶器，然而從旁看來，那只是普通的指甲。誰能想像裝飾得精緻可愛的指甲居然是殺人工具呢？也難怪那些手下會忽略。

「那個殺手真厲害。」榎田感嘆。

林也點了點頭。這個方法很簡單卻是個盲點。雖然不知道是誰僱用的，但鐵定是個本領高強的殺手。

「不好意思～」馬場的聲音傳來，他在呼叫店員。「再給我一杯啤酒～」

林側眼看著他，一臉厭煩地喃喃說道：「……他未免喝得太猛了吧？」

榎田的左邊是齊藤。有別於啤酒一杯接一杯的馬場，齊藤的飲料幾乎沒有減少，表情也很灰暗。

「怎麼啦？齊藤老弟。」榎田和他說話。「無精打采的。」

「……你要我怎麼打起精神？」齊藤恨恨地說道：「光是這個月，我就被殺手追殺了兩次。」

「真是災難啊。」

「追根究柢，明明是榎田先生造成的！」

「連我也被拖下水。」林插嘴。他一大早突然被叫去車站，和殺手在電車上大打出手。齊藤滿臉歉意地低頭致謝：「當時多謝你的幫忙。」

「……一想到以後都會一直被那家公司追殺……」齊藤抱頭苦惱，聲淚俱下地說道：「我根本沒心情喝酒。」

榎田拍了拍齊藤的背部鼓勵他。

「別擔心。」榎田露出賊笑。「我不是說過會補償你嗎？」

延長賽十二局下

睜開眼睛時，山本看見了光。好幾道燈光照耀著他的臉龐。

一個男人望著山本。由於逆光之故，山本看不清男人的臉，只知道他戴著口罩，打扮得像個醫生。自己似乎正在手術中，人躺在手術台上。

自己怎麼會在這種地方？是藥物造成的幻覺嗎……啊，對了，這麼一提——山本想起來了，他遇上車禍。他逃走時被車子攔腰撞上，猛烈的衝擊侵襲全身，意識逐漸朦朧，不知不覺間便昏倒。他還記得自己的腦袋撞破車窗，額頭血流如注，當時的劇痛讓他以為自己必死無疑。

後來大概是被搬上救護車，送去醫院了吧。

山本原以為當自己再度醒來時，會躺在病房的床鋪上。

然而，事實並非如此。不知何故，山本位於一個看似倉庫的寬敞場所，雙手雙腳被綁著，像隻毛毛蟲一樣趴在地上。

眼前有個男人佇立著，是個山本從未見過的年輕男人。他留著花俏的白金蘑菇頭，瀏海很長，遮住了半張臉。

「聽說……」蘑菇頭青年露齒而笑。「你搞錯對象，殺了無辜的人？」

經他這麼一說，山本想起來了。

在六月底透過仲介接下的委託，山本認錯目標，殺掉毫不相干的人。

「——既然如此，就算你被誤殺，也怨不得人吧？」

青年說出驚人之語。

怎麼回事？山本瞪大眼睛。這人到底在打什麼主意？山本想詢問，但嘴巴被膠帶貼住，他無法說話。

片刻過後——

「讓你久等了。」

另一個男人出現，看起來並不是日本人，而是東南亞人。

「嗨，阮。」青年對那個男人說道：「我的朋友碰巧逮到你要找的人，我便叫他讓給你。」

「謝啦。」

「之後隨你處置。」

被稱為阮的男人望著山本的臉龐說：

「又見面啦，齊藤。」

——齊藤？

誰？山本歪頭納悶。

「你僱用的殺手害我吃了不少苦頭啊，幸好我穿著防彈背心才沒事，不過那幾槍可真夠痛……我會好好折磨你之後再殺了你，算是我的回禮。做好心理準備吧。」

男人輕輕鬆鬆地扛起山本，走出倉庫，將山本放進停在外頭的黑色轎車。

見到倒映在車窗上的自己，山本目瞪口呆。

山本因為自己的臉孔而大吃一驚。倒映在車窗上的是另一個完全不同的人。究竟是怎麼回事？特殊化妝？整形？自己是什麼時候變成這樣？

——這傢伙是誰？

山本猛然省悟——莫非是那時候？那場手術是整形手術？

山本臉色發青。

這個男人和叫齊藤的男人似乎有什麼恩怨，是欲殺之而後快的恩怨，而他把山本錯認成齊藤。山本終於明白自己的處境有多麼惡劣。

不是，你誤會了，我不叫齊藤，你認錯人了，別殺我——山本很想如此大聲吶喊，但是嘴巴被堵住了，他無能為力。即使如此，山本依然拚命地繼續搖頭。

賽後訪談

打者把齊藤投出的球打出去，看似會成為穿越二壘手與游擊手之間的安打，然而游擊手林展露了一手飛撲接球的美技。

林倒在地上，在這樣的姿勢下無法傳球。打者是個飛毛腿，等到林起身之後再傳一壘，八成來不及了。

見狀，二壘手馬場採取了行動。

「嘿！」

馬場呼喚林，同時奔向二壘附近。林就著趴在地上的姿勢把球傳給馬場。那是記絕妙的拋球。馬場空手接住球，一個轉身迅速把球傳往一壘，及時刺殺奔向一壘的打者。

這下子就三人出局了，攻守交換。兩出局、二壘有人的危機場面，壘上跑者早已起跑，通過了三壘，如果讓剛才那一球穿出去，鐵定會失掉一分；即使來得及刺殺奔向一壘的打者，對手也已經先馳得點。雖然場面危急，但多虧了合作無間的二游搭檔，他們才沒有失分。

「幹得好！林！馬場！」

隊員們對回到休息區的二游搭檔說道，大家都鼓掌讚賞。

「只要有心，你們還是辦得到嘛。」

「總算有點二游搭檔的樣子。」

軟式棒球聯盟福岡預賽第一輪。

對手名叫「小倉炸烏龍麵隊」，是一支以北九州為據點的球隊。一局上，齊藤先發，雖然讓打者上壘，但是最後並未失分。

隊員回到休息區，著手進行打擊準備。打序是從一棒的榎田開始。他在蘑菇頭上戴了頭盔，開始練習揮棒。

「喔！」大和突然大叫，指著三壘方向的休息區。「敵隊的經理長得超正耶！比賽結束後，我去搭訕看看好了。」

聞言，榎田告訴面露賊笑的大和：

「那應該是馬場大哥的前女友喔。」

「咦！真的假的？」大和瞪大眼睛。

「等等，是誰？哪個女人？」次郎也探出身子。

「她好像是宗像市人。」

「……你還真是無所不知。」馬丁內斯大為傻眼。

「喂，別說那些有的沒的。」馬場隔著頭盔戳了戳榎田與大和的腦袋。「把精神集中在比賽上。」

身穿條紋制服的敵隊投手開始在投手丘上練球，是個低肩右投手。

教練源造凝視著敵隊投手，喃喃說道：

「低肩投法呀……這可棘手了。」

那是一種從緊挨著地面的位置投出球的獨特投法，他們過去從未和這種類型的投手對戰過。

頭一個上場打擊的榎田揮棒落空，三振出局。

「真難得，你居然被三振。」

「很難鎖定要打的球。」榎田脫下頭盔，嘟起嘴說道。他的髮型變得凌亂不堪。

「對手的控球太爛了。」

確實，敵隊投手的控球非常不穩定，實在稱不上好。上一球連好球帶的邊都沒搆著，下一球卻又穩穩地削進好球帶；有時候是正中直球，有時候卻是大暴投，十分難判斷。感覺上不像是一開始就如此配球，而是控球尚未穩定。捕手似乎也很辛苦，必須用媲美守門員的動作接住投向四面八方的球。

第二棒大和想打觸擊短打，但球威比想像中大，他不小心把球打高了。

「哎喲，那個投手的球真的很難打耶。」

兩出局，無人上壘。

接著，第三棒馬場進入打擊區。

投手投出第一球。直球高高地浮起，朝著馬場的頭部筆直飛去。

馬場為了閃球而大幅扭轉身體，就這麼轉了一圈跌坐在地上。這是一顆險些變成頭部觸身球的危險球。

敵隊投手活像什麼事都沒發生似地，泰然自若地抹勻投手丘上的土。

見狀，馬場把球棒砸到地上。

「……糟糕。」重松抱住頭。「馬場抓狂了。」

只見馬場對著敵隊投手破口大罵：

「你那是啥態度呀！」

對方也立刻回嘴：

「吵死了！快點把球棒撿起來啦！」

「你至少該脫個帽子致歉唄！」

「啊？想打架是吧！」

受到挑釁的馬場立刻衝向投手。

「哦？幹架嗎？要幹架了嗎？」在休息區前練習揮棒的馬丁內斯放下球棒，喜孜孜地走向球場。「包在我身上。」

投手丘上，馬場揪住了敵隊投手，而對方也隔著頭盔毆打馬場的腦袋。鬥毆開始了。

兩隊隊員衝出休息區奔向兩人，以馬丁內斯為中心，試圖拉開揪住對手的馬場。比賽完全中斷。

林站在本壘壘包附近，遠遠望著鬥毆的圈子。真是個傷腦筋的傢伙——林聳了聳肩。為什麼那個男人一扯到棒球就會這麼激動？

「對不起，我們的投手給你們添麻煩了。」

一個女人走出三壘方向的休息區，對林這麼說道。她大概就是大和所說的敵隊經理吧，年紀大約是二十歲後半，留著一頭黑髮，長度偏短，據說是馬場的前女友，長得很漂亮。林覺得她有點眼熟，雖然髮型不同，但是和那家店的女公關有些相像。

「……不，沒什麼。」林冷淡地回答。「他們是半斤八兩。」

「說得也是。」女人微微一笑，凝視著投手丘上的馬場，喃喃說道：「他還是一樣荒唐。」

「小百合姊！」戴著眼鏡的敵隊捕手對女人叫道：「請準備急救箱！」

女人點了點頭，回到休息區。

林再度望向投手丘，只見兩個男人仍在打架，尤其是那個投手，甚至連前來制止的隊友都一併打下去。

面對見人就打的對手，馬丁內斯他們似乎也陷入苦戰。林心想自己也差不多該去幫忙了，走向投手丘。

兩人繼續互罵。

「你這個暴投的肉腳投手！」

「囉唆，我只是慢熱而已！」

敵隊投手揮拳，馬場也正面迎擊，雙方的拳頭嵌入彼此的臉龐，活像拳擊的交叉反擊。馬場的頭盔與敵隊投手的帽子被彈開，飛到半空中。

雙方的臉孔暴露在灑落的陽光底下。

「……啊？」

「……唔？」

他們目不轉睛地凝視著彼此的臉龐，同時喃喃說道。

接著，兩人高聲大叫：

「你該不會是——」

「啊！你是那時候的——」

馬場與敵隊投手不約而同地瞪大眼睛指著對方。

見了兩人的模樣，林歪頭納悶：

「怎麼？他們認識啊？」

GAME SET

後記

本故事純屬虛構，是在福岡生活了二十幾年卻無法通過福岡初級檢定的作者，以山寨福岡為舞台寫下的小說，與真實人物、團體、地名等毫無關係，敬請見諒。

言歸正傳。這次有幸撰寫續集，倘若把人物接連死亡、有些殺氣騰騰的第一集比喻成「一分也不讓對手得的投手戰」，這次大概是「牛棚被打爆，有失誤、有全壘打、有鬥毆的大混戰」吧，但願讀者能夠體驗到另一種截然不同的風味與林的成長。

本作中，北九州市的小倉全新登場。小倉是我首次獨居的地點，現在每個月也還會去玩上幾次，在鍛治町或紺屋町的老地方喝酒喧鬧到天明。沒想到連這種充滿回憶的地方都被我拖下水。不光是福岡市，還有北九州市的各位市民，真的非常抱歉。

此外，本作中也提及了博多祇園山笠祭。這是個很棒的祭典，充滿以我拙劣的文筆無法盡述的魅力與福岡男兒的熱情。我第一次在現場觀賞時，甚至為驚人的魄力感動落淚。如果有讀者因為拙作而萌生「去福岡觀賞山笠祭」的念頭，會是我莫大的喜悅。

撰寫第二集的過程中，同樣得到許多人的幫助，在此致上我深深的謝意。

對我百般照顧的責編和田編輯、遠藤編輯，多虧你們總是溫柔地支持我，這次才能寫完本作。謝謝兩位！

替本作繪製美麗插畫的一色箱老師，有幸一償宿願，拜見一色老師筆下的仁和加武士，令我感動不已。下回再一起去吃飯吧！

此外，還有參與本書發行的所有人士、監修猿渡北九州腔的朋友N（北九州市小倉南區出身），以及配合故事發展替我構思棒球場景的配球的家父，在此也要向你們表達我的感謝之意。

最後是各位讀者。我會更加精進，以免辜負您的期待。真的非常非常感謝您再次購買拙作！期待與您再相逢！

木崎ちあき

輕文學 Light Literature

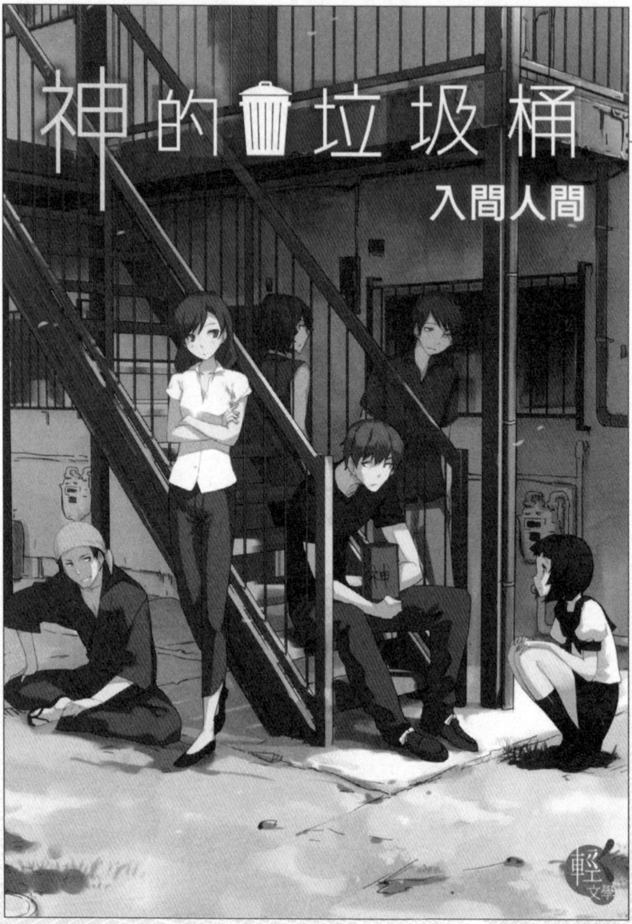

垃圾桶裡自動出現垃圾的那一天起，
我與「她」的互動就此展開——

神的垃圾桶

入間人間／著　林冠汾／譯

在學校附近租屋的大學生神喜助。因前女友將他的姓氏「神」寫在垃圾桶上，從此，他的垃圾桶竟成為「有魔法的傳送裝置」，不時送來公寓其他住戶不要的「垃圾」。某日，他在垃圾桶中發現一張紙，上頭寫著令人臉紅心跳的詩，卻疑似是自殺預告？而另一張女國中生想進行援交的紙條，也悄悄出現在垃圾桶中——

定價：NT$300/HK$90

輕文學
Light Literature

犧牲一個人的命就能拯救全人類，是多麼划算的事，
但，當那個人是你的摯愛時，你會如何選擇？

我的小規模自殺

入間人間／著　楊詠晴／譯

自稱是未來使者的雞，在我的餐桌上預言了她的命運。她三年後會死，為了拯救全人類……那隻用雞喙戳著桌子、咕咯咕咯吵死人的雞說著：「改變未來吧！」當接受這一切全都是真的之後，為了將受到病魔襲擊而死亡的她，我決定奉獻這三年的時間。而未來，真能如我所願嗎？

定價：NT$240/HK$75

國家圖書館出版品預行編目資料

博多豚骨拉麵團 / 木崎ちあき作；王靜怡譯. --
初版. -- 臺北市：臺灣角川, 2017.12-
冊；　公分. --（角川輕. 文學）

譯自：博多豚骨ラーメンズ
ISBN 978-957-8531-37-6(第1冊：平裝). --
ISBN 978-957-564-024-8(第2冊：平裝)

861.57　　106020213

輕文學 Light Literature

博多豚骨拉麵團 2

原著名＊博多豚骨ラーメンズ 2

作　　者＊木崎ちあき
插　　畫＊一色 箱
譯　　者＊王靜怡

2018 年 2 月 7 日　初版第 1 刷發行
2018 年 4 月 23 日　初版第 2 刷發行

發 行 人＊成田聖
總　　監＊黃珮君
總 編 輯＊呂慧君
副 主 編＊溫佩蓉
美術設計＊吳佳昫
印　　務＊李明修（主任）、黎宇凡、潘尚琪

台灣角川

發 行 所＊台灣角川股份有限公司
地　　址＊105 台北市光復北路 11 巷 44 號 5 樓
電　　話＊（02）2747-2433
傳　　真＊（02）2747-2558
網　　址＊http://www.kadokawa.com.tw
劃撥帳戶＊台灣角川股份有限公司
劃撥帳號＊19487412
法律顧問＊寰瀛法律事務所
製　　版＊尚騰印刷事業有限公司
I S B N＊978-957-564-024-8

香港代理＊香港角川有限公司
地　　址＊香港新界葵涌興芳路 223 號新都會廣場第 2 座 17 樓 1701-02A 室
電　　話＊（852）3653-2888

HAKATA TONKOTSU RAMENS Vol.2
© CHIAKI KISAKI 2014
Edited by ASCII MEDIA WORKS
First published in Japan in 2014 by KADOKAWA CORPORATION, Tokyo.
Complex Chinese translation rights arranged with KADOKAWA CORPORATION, Tokyo.